L. Egarezzo: Schattenhunde

Bibliografische Information der Deutschen Nationalbibliothek:
Die Deutsche Nationalbibliothek verzeichnet diese Publikation in
der Deutschen Nationalbibliografie; detaillierte bibliografische
Daten sind im Internet über dnb.d-nb.de abrufbar.

TWENTYSIX – Der Self-Publishing-Verlag
Eine Kooperation zwischen der Verlagsgruppe Random House
und BoD – Books on Demand

© 2017 Egarezzo, Lupus

Herstellung und Verlag:
BoD – Books on Demand, Norderstedt

ISBN: 978-3-7407-3139-7

Lupus Egarezzo

Schattenhunde

Alle Personen und Handlungen in diesem Buch sind fiktiv.

Bisher von Lupus Egarezzo erschienen:

„Bernsteinhändler", BoD, 2014

„Vogelinsel", BoD, 2015

„Drachenrad", BoD, 2016

www.legarezzo.de

ISBN: 9783740731397

© Egarezzo 2017

Alle Rechte vorbehalten. Ohne ausdrückliche schriftliche Genehmigung des Autors ist es nicht gestattet, das Buch oder Teile daraus in irgendeiner Form durch Fotokopie, Mikrofilm oder andere Verfahren zu reproduzieren oder in eine für Maschinen, insbesondere Datenverarbeitungsanlagen, verwendbare Sprache zu übertragen. Dasselbe gilt für das Recht der öffentlichen Wiedergabe.

1. WITCH. When shall we meet again
   In thunder, lightning, or in rain?
2. WITCH. When the hurlyburly´s done,
   When the battles´s lost and won.
3. WITCH. That will be ere the set of sun.
1. WITCH. Where the place?
2. WITCH. Upon the heath.
ALL. Fair is foul, and foul is fair:
   Hover through the fog and filthy air.

William Shakespeare: Macbeth

Richtung Hamburg

Immer schon, seit er das erste Mal eine Fernfahrt mit der Deutschen Bahn unternommen hatte, ließen ihn zwei Eindrücke nicht los. Der erste war, dass sich seit diesem Zeitpunkt – und es mochten wohl über fünfzig Jahre her sein – vor und nach den Bahnhöfen grundsätzlich nichts geändert hatte: die halbverfallenen Baracken, Lagerhallen und aufgegebenen Stellwerkhäuschen zwischen mannshohen Unkrautstauden, umsäumt von verrosteten, ausgemusterten Stahlmasten, Stapeln alter Bahnschwellen und ungeordneten Haufen unbrauchbarer Pflastersteine waren geblieben, zwischenzeitlich neue hinzugekommen, aber die Szenerie war sich treu geblieben. Der zweite Eindruck hatte mit der Strecke zu tun. Es schien ihm, als würde sich der Ausschnitt der Welt draußen, durch den der Zug glitt, und den er an sich vorüberziehen sah, wie in einem Kurzfilm nach einer gewissen, fixen Zeitspanne ständig wiederholen – so wie das Rattern der Räder und das Schaukeln des Waggons. Peter Klemm wähnte sich wie in einer Endlosschleife.

Er hatte Urlaub, und es war eine Fahrt ins Blaue, die ihm beschert worden war. Der große Kurfürst hatte alles arrangiert: die Fahrtkarten, die Zugverbindungen, die Ferienwohnung. Das hätte er sich mit eigenen Mitteln nicht leisten können. Wenn er gelegentlich seinen Jahresurlaub nahm, dann reichte das höchstens für den einen oder anderen Tagesausflug irgendwohin in den Taunus. Und gestern Nachmittag hatte er sich von seinem Chef und Bärbel Schmidt, seiner Kollegin an der Kasse, verabschiedet – für eine ganze Woche in den

Norden. Das Senckenbergmuseum musste für diese Woche halt ohne ihn auskommen.

Heute Morgen war er im Hauptbahnhof in Frankfurt am Main in den Fernzug nach Hamburg eingestiegen. Treffpunkt sollte später auf der Strecke im Speisewagen sein, und dorthin hatte er sich sofort begeben, obwohl der große Kurfürst doch erst in Münster zusteigen würde. Aber sicher ist sicher. So hatte er schon seinen Sitzplatz und einen Becher Kaffee vor sich stehen.

Bis zu diesem Zeitpunkt war ihm immer noch nicht klar, wie der große Kurfürst herausgefunden hatte, wo er wohnte. Es waren viele Jahre verstrichen, seit sie auseinandergegangen waren. Er hatte zwar nicht alles vergessen und verdrängen können, aber er hatte nicht damit gerechnet, dass sie sich noch einmal wiedersehen würden. Er hatte keinen Account bei Facebook oder in sonst einem sozialen Netz. Darüber konnte es also nicht gekommen sein. Und seine Handy-Nummer war auch nirgendwo veröffentlicht. Angerufen hatte der ja auch gar nicht. Eines Abends hatte ein Zettel in seinem Briefkasten gelegen:

„Ruf mich doch mal an. Gruß L.M."

Und eine Mobil-Nummer. Er wusste sofort, wer das war, und hatte nicht lange nachgedacht. Eigentlich hätte er das tun sollen. Aber trotzdem. Am selben Abend noch nahm er Kontakt auf. Das Gespräch war wider Erwarten richtig nett gewesen. Der große Kurfürst wollte etwas feiern. Ihm ging es anscheinend gut, auf jeden Fall besser als ihm selbst, hatte ein Architekturbüro in Münster. Das konnte sich Peter Klemm gar nicht so richtig vorstellen – ausgerechnet der Typ und Architekt! Dass der überhaupt noch etwas zustande gebracht hatte. Damit hatte wohl keiner gerechnet. Aber, wie dem auch sei. Die Jahre waren auch so vergangen, und jetzt saß er auf dem seine Kosten im Zug und machte Urlaub.

***

Im Bahnhof in Frankfurt hatte er sich erst noch einmal einen Kaffee im Mitropa-Bistro genehmigt, bevor er dann den zweiten hier im Speisewagen nahm. Die Fahrt im ICE ging zunächst erst ein wenig bummelig an bis zum Fernbahnhof am Flughafen, aber dann doch recht zügig mit den Unterwegshalten in Limburg, Montabauer und Siegburg. Auf der elektronischen Anzeigetafel wurden einmal sogar 300 km/h angezeigt. Bald würde er in Köln sein, aber der große Kurfürst wollte ja erst in Münster zusteigen.

Peter Klemm faltete die Bild-Zeitung, die er sich am Kiosk in Frankfurt gekauft hatte, zusammen und steckte sie zwischen die Ritze von Tisch und Waggon-Wand. Als er sich entschieden hatte, das Angebot anzunehmen, hatte er sich nicht viele Gedanken gemacht. So eine Abwechslung kam nicht alle Tage. Aber je länger er auf die Endlosschleife da draußen aus dem Speisewagenfenster blickte, desto mehr Fragen drängten sich in sein lethargisches Gehirn. Und es waren nicht so sehr die Fragen, die ihn beschäftigten – es waren die Erinnerungen, die unaufhaltsam auf ihn einströmten. Erinnerungen aus dunklen Zeiten, obwohl sein gegenwärtiges Leben ja auch nicht der hellste Sonnenschein war.

Ein Wiedersehen

Der Zug kam auf Gleis 5 im Kölner Hauptbahnhof zum Stehen. Lautsprecher dröhnten undeutlich von allen Bahnsteigen her, Menschen hasteten aus Zügen heraus und in Züge hinein. Oben auf der Stirnwand des riesigen Stahlgewölbes prangte das 4711-Zeichen. In den Gängen der Waggons kam es zu Drängeleien, weil Reisende ihre Plätze suchten: die Einen in die Richtung, die Anderen in die entgegen gesetzte Richtung, immer große und breite Rollkoffer hinter sich herschleppend, die sich gegenseitig behinderten.

Peter Klemm hatte mittlerweile seine Bild-Zeitung wieder hervorgekramt und vertiefte sich in den Sportteil – zum dritten Mal. Die Eintracht war mal wieder auf dem Weg nach unten. Alle anderen Nachrichten hatte er auch schon mehrfach durchgekaut. Und Politik interessierte ihn nicht. Nicht mehr. Sein Kaffeebecher war jetzt leer, aber er machte keine Anstalten, sich einen neuen, frischen zu holen. Kaffee hier im Speisewagen war teuer, und als Kassierer an einer Museumskasse war sein Budget begrenzt. Der große Kurfürst soll ihm in Münster einen ausgeben. Schließlich hatte der ja eingeladen. Außerdem war der reich als Architekt jetzt, verhältnismäßig reich zumindest. Musste so sein in Klemms Phantasie. An seinem Vierertisch beugte sich Klemm gerade über die Kommentare zum Länderspiel Deutschland – Italien. Unentschieden. Mehr als nichts. Immerhin.

„Entschuldigen Sie. Macht es Ihnen etwas aus, wenn ich mich zu Ihnen setze. Alle anderen Plätze sind leider besetzt."

Er blickte kurz auf, dann in die Runde. Tatsächlich. Überall Leute. Der Speisewagen war voll. Dabei wäre er so gerne allein an seinem Tisch geblieben. Er hasste es, wenn sich fremde Leute in seinen Dunstkreis hineinbegaben. Es reichte ihm schon an der Ticket-Kasse im Museum, wenn die mit ihrem Atem zu nahe an ihn herankamen. Und jetzt stand vor ihm eine etwas füllige, sportlich gekleidete Frau mit schwarz gefärbten kurzen, glatten Haaren, die sie sich in die Stirn gekämmt hatte, in seiner Alterskategorie – also etwa sechzig Jahre alt.

Er wollte gerade etwas Abweisendes sagen, etwa, dass die Plätze an seinem Tisch alle besetzt seien, und er sie nur freihalten würde, als ihm die grünlichen Augen der Person, die etwas hilflos vor ihm stand, unfreiwillig begegneten. Stumm musterte er sie von oben bis unten, und bevor er noch etwas erwidern konnte, kam es schon aus ihrem Mund:

„Das gibt´s doch gar nicht. Mensch Micky! Was ist aus Dir geworden? Ich hätte Dich fast nicht wieder erkannt. Ja, wir werden alle älter. Was machst Du denn hier? So ein Zufall!"

Peter Klemm fiel es wie Schuppen von den Augen. Damit hatte er im Traum nicht gerechnet. Aber da stand sie vor ihm – Susanne Ohnweiler. Etwas molliger als früher, aber trotzdem noch ganz gut konserviert:

„Susi. Und was machst Du hier? Das ist doch ein Ding. Das ist doch ewig her. Mindestens eine Generation. Wo fährst Du hin? Setz Dich zu mir, hier, stell erst einmal deinen Koffer da vorne in die Ecke, neben der Bank. Setz Dich."

Die Frau stellte ihren knallroten Rollkoffer auf die Seite, zog ihren Jack Wolfskin Anorak aus und hängte ihn an einen Haken in der Waggonwand:

„Ich bin unterwegs nach Hamburg, und Du?"

„Nach Hamburg? Das trifft sich gut. Na so was. Dann haben wir ja noch lange an uns gegenseitig Gesellschaft. Hamburg ist auch mein vorläufiges Ziel. Komisch", bemerkte Klemm, während er seine Zeitung zusammen faltete und wieder in den Spalt zwischen Tisch und Waggonwand schob. Susi schaltete schnell:

„Hast Du auch eine Verabredung in Münster?"

„Wie kommst Du darauf?"

„Weil ich dort nämlich eine habe. In Münster steigt ein alter Bekannter zu …."

„Ludwig, der große Kurfürst…."

„Ja. Genau."

***

Der Zug erreichte jetzt die 300 km/h nicht mehr. Die Abstände zu den Haltebahnhöfen im Ruhrgebiet waren zu kurz. Nächster Stopp war Düsseldorf. Nach längerem Schweigen beiderseits und anscheinendem Nachdenken nahm Susanne Ohnweiler den Faden wieder auf, ohne auf die unerwartete Konstellation, in der sich jetzt befanden, weiter einzugehen:

„Was machst Du so?"

„Nichts Besonderes. Verdiene mein Geld an der Kasse im Senckenbergmuseum."

„In Frankfurt. Da bin ich einmal gewesen. Die machen ganz tolle Ausstellungen."

„Und Du?"

„Ich habe eine Tierarztpraxis. Sogar zwei Angestellte. Etwas außerhalb von Köln, Richtung Brühl. Kunden in der Landwirtschaft."

Klemm pfiff durch die Zähne: „Wer hätte das gedacht? Was aus den Menschen alles so wird. Erstaunlich."

„Jaja. Wer hätte das gedacht? Wenn ich an früher denke …."

„Hast Du zwischendurch mal Kontakt zu Ludwig gehabt?"

„Nur einmal, so vor vier, fünf Jahren. Da hat er mich angerufen. Wollte hören wie es mir ging."

„Sehr feinfühlig. War sonst gar nicht so seine Art. Woher hatte er denn Deine Nummer?"

„Weiß ich nicht. Er hatte doch auch Deine Adresse. Wie das heute so geht."

Sie hingen wieder ihren Gedanken nach, blickten aus dem Zugfester. Die Endlosschleife. Schließlich fragte Klemm, ob seine Begleiterin noch etwas zu Trinken wollte. Budget hin und her. Susi wehrte ab:

„Lass man. Ich gehe. Kaffee?"

„Kaffee ist OK. Aber ich kann das auch besorgen, auch wenn ich nur ein armer Schlucker bin im Gegensatz zu Euch Karrieremenschen."

„Hör auf. Hast Du Komplexe?"

Sie ging und kam fünf Minuten später mit zwei Bechern Kaffee zurück. Nach einigem verlegenen Rumrühren und Ankosten blickte Micky wieder auf seine Endlosschleife.

„Du bist nicht sehr gesprächig", fing Susanne Ohnweiler wieder an. „Was ist los? Weißt Du mehr als ich, warum der große Kurfürst uns eingeladen hat?"

„Keine Ahnung. Was ist mit Nero? Kommt der auch?"

„Dieter Waldhaus lebt nicht mehr."

„Was? Seit wann das?"

„Ist schon früh gestorben. Kurz nach dem wir uns getrennt hatten."

„Also vor gut dreißig Jahren."

„Genauer gesagt vor ziemlich exakt neunundzwanzig Jahren. Er hatte Bauchspeicheldrüsenkrebs."

„Woher weißt Du das. Ich dachte …."

„Ich hatte noch Kontakt zu seiner Freundin, die Ilona. Wir waren damals gute Bekannte. Danach brach dann alles ab."

„Bis heute."

„Ja. Bis heute. Bin mal gespannt, was der will. Ich hab eigentlich kein so gutes Gefühl mehr jetzt."

„Mach Dir keine Gedanken. Wir sind zu alt für irgendwas. Ich bin ganz relaxt und freu mich auf den bezahlten Urlaub an der Küste. Das ist auch alles, hoffe ich. Er sagte am Telefon, er wolle etwas mit uns feiern. Es gäbe einen Anlass."

Jetzt schwieg die Frau. Nach einer Weile sagte sie:

„Weißt Du, ich denke eigentlich nicht mehr oft an die Sachen. Ich hab das komplett ausgeblendet. Ich hab ein anderes Leben. Schon lange."

„Kann ich mir vorstellen mit Deinen Pferden und Kühen. An der Kasse habe ich mehr Zeit, wenn die Stoßzeiten vorbei sind. Da taucht dann schon mal der eine oder andere Schatten aus der Vergangenheit auf."

„Schatten …." Wiederholte sie.

Der Schattenhund

Der kleine Junge kannte jeden Rostflecken an dem grün gestrichenen Laternenpfahl – zumindest bis zu der Höhe, die seine Hände erreichen konnten. Viele Male hatte er auch den Vierkantbolzen gefühlt, den die Leute von den Stadtwerken aufschrauben konnten, wenn sie Reparaturen durchführen mussten. Das kam aber so gut wie nie vor. Er konnte um den Fuß des Laternenpfahls herum gehen, sich mit der einen ausgestreckten Hand daran festhalten und so eine komplette Drehung ausführen – langsam oder schnell – eine oder mehrere. Ganz wie er wollte.

Der Pfahl war sein Grenzbezirk. So hatten es seine Eltern festgelegt – oder besser: sein Stiefvater, der „Vatter". Dieser Grenzbezirk befand sich nur acht Meter von der Korridortür des Mietshauses entfernt, in dem er mit seinen Eltern auf zweieinhalb Zimmern wohnte.

„Bis hier her und nicht weiter", hatte Vatter gemahnt, und, um diese Mahnung zu unterstreichen, hatte er ihn dabei kräftig ans Ohr gezogen: Das also war Ludwigs Reich: acht Meter zwischen Hauseingang und Laternenpfahl. Er schaute zu, wenn die Nachbarskinder auf der wenig befahrenen Straße Völkerball spielten, wenn der Nachbarssohn, der so alt war wie er, mit seinem Rädchen an ihm vorbei fuhr – bis ganz dahinten, bis zur Straßenecke und wieder um. Manchmal riefen die anderen Kinder ihm etwas zu. Er solle mitmachen, aber Ludwig erwiderte nur, dass er keine Lust habe. Aber alle Kinder wussten, dass das nicht stimmte, dass er nicht durfte. Aber sie sagten es ihm doch nicht.

Eines Tages – es begann schon zu dunkeln – forderte der Nachbarsjunge ihn wieder auf, mitzukommen – nur ein kurzes Stück. Da setzte Ludwig plötzlich einen trotzigen Blick auf und lief einfach ganz frei neben dem Rädchen seines Freundes her. Und es dauerte keine zwanzig Sekunden, bis das Fenster im Parterre aufgerissen wurde. Vatter lehnte sich hinaus und rief laut aber ganz freundlich – weil die anderen Nachbarn hinter ihren Gardinen ja zuhörten:

„Ludwig, komm doch mal bitte rein."

Und dann schlich Ludwig sich mit gesenktem Kopf fort von seinem Freund ins Haus, wo Vatter ihn schon an der Wohnungstür erwartete. Ludwig kannte das Protokoll, fragte aber trotzdem:

„Was ist denn?"

„Du brauchst gar nicht erst rein zu kommen. Wir gehen nach unten."

Vatter nahm Ludwig beim Kragen und schleifte ihn die Treppen hinunter in den Keller. Für jede der fünf Familien in dem Hauseingang war ein kleiner Keller vorgesehen. Eine 30 Watt Lampe spendete dürftiges Licht, durch die Kellerfenster drang noch weniger. Vatter öffnete und schloss dann ihren Verschlag hinter ihm und Ludwig:

„Hose runter."

Ludwig zog sie ganz aus. Er wusste, was kam.

„Hinknien."

In der Ecke des kleinen Kellerraums war ein Berg Kohlen aufgeschüttet für den Kanonenofen in der Wohnung oben im Winter. Heizung gab es damals noch nicht in den Sozialwohnungen. Ludwig trat vor bis zum Rand des Kohlehaufens und kniete sich mit Schmerz verzehrtem Gesicht auf die Kohlen, wie er es schon unzählige Male hatte tun müssen. Die Spitzen Steinkohlen drangen in die weiche Haut seiner Knie ein, aber er biss die Zähne zusammen. Er wollte nicht weinen. Er schaute sich auch nicht um, aber er hörte das schleifende Geräusch, als der Alte seinen ledernen Hosengürtel aus dem Hosenbund löste. Und dann ging es zur

Sache. Ludwig zählte. Dieses Mal waren es fünf Schläge auf den nackten Po gewesen. Und er hatte nicht geweint. –

Als er wieder nach oben kam, stand seine Mutter in der Haustür und blickte ihn mitleidig an, aber sie war loyal zu ihrem Mann:

„Du musst tun, was wir Dir sagen, dann ist alles in Ordnung. Hörst Du?"

Sie nahm den Jungen in die Arme:

„Jetzt möchtest Du sicher ins Bett, nicht wahr?"

Er nickte. Lust aufs Abendessen hatte er sowieso nicht mehr. Hinter sich hörte er, wie die Wohnungstür zufiel. Vatter war auch wieder oben. Er hatte nur etwas länger gebraucht, weil er seinen Hosengürtel noch richten musste. Die kleine, dickliche Mutter brachte den Jungen ins Bett. Als sie ihn übergedeckt hatte, streichelte sie ihren Sohn noch einmal über den Haarschopf:

„Siehst Du. Sei froh, dass nicht mehr passiert ist. Beim nächsten Mal, wenn Du alleine hier liegst, kommt sicher der Schattenhund und holt Dich."

***

Der Schattenhund war sein, im Laufe der Zeit häufiger Begleiter geworden: immer, wenn es Ärger gegeben hatte – und immer, wenn es dunkel war, und er, Ludwig, unter seiner Bettdecke lag. Vor dem Fenster in dem Zimmer, in dem er schlief, hingen keine Gardinen, und jedes Mal, wenn nachts ein Auto vorbei fuhr, bewegte sich der Schatten des Fensterkreuzes analog zur Fahrtgeschwindigkeit der Scheinwerfer draußen an der gegenüber liegenden Wand entlang, bis die Lichter wieder im Dunklen verschwanden. So ähnlich stellte der Junge sich den Schattenhund vor – wie den Scherenschnitt eines irischen Wolfshundes, der im Dunkeln langsam vor seinem Bett herschlich – einen riesigen Schatten auf die kahle Wand gegenüber werfend. Ludwig zog sein Überbett strammer über seinen Kopf zusammen und tauchte ab.

***

Ludwigs Grenzziehung erweiterte sich an dem Tag, als er zum ersten Mal in die Schule ging. Von da an durfte er sich – zumindest während der Schulzeit – zum ersten Mal in einem Radius von zweieinhalb Kilometern bewegen. Er nutze diese neu gewonnene Freiheit vor und nach dem Unterricht so intensiv, wie er konnte. Trotzdem – oder vielleicht gerade deshalb – kehrte der Schattenhund regelmäßig abends im Bett wieder bei ihm ein.

Eines Tages kamen Polizisten vorbei und klingelten an der Wohnungstür seiner Eltern. Mutter und Vatter hatten eine kleine Gartenparzelle hinter dem Mietshaus, in dem sie Zwiebeln, Möhren, einige Erdbeeren und Kopfsalat anbauten. Der Garten endete an einer alten Buchenhecke. Die

Buchenecke stieß am Rande des Grundstücks mit der Ligusterhecke vom Nachbarn zusammen. An diese Stelle führte Ludwig nach intensiver Befragung die Beamten, und vor ihren Augen grub er den Blumentopf aus, in dem sich die Münzen aus dem aufgebrochenen Zigarettenautomaten befanden, der an der Frontseite des Friseurladens hing, keine hundert Meter von Ludwigs Wohnung entfernt.

    Seine Mutter packte ein paar Sachen zusammen, sie stieg mit ihrem Sohn in das Polizeiauto, das unter reichlicher Beachtung der gesamten Nachbarschaft abfuhr, um Ludwig letztendlich ins St. Georgsheim in einem kleinen Nachbarort etwa fünfzehn Kilometer entfernt zu bringen. Dort blieb der Junge dann ein Vierteljahr, dann war er wieder zu Hause und nahm den Unterricht an seiner Schule auch wieder auf.

***

Der Schattenhund hatte noch des Öfteren Gelegenheit, vorbei zu schauen. Der Höhe- und vorläufige Schlusspunkt brachte Ludwig endgültig ins Georgsheim bis zum schulischen Abschluss dort in dieser Anstalt. Anlass war eine alte Werkshalle gewesen, die dem Bombenhagel des II. Weltkriegs auf einer ehemaligen Munitionsfabrik ganz in der Nähe seiner Wohnung standgehalten hatte. Das Trümmergrundstück war damals noch nicht abgeräumt gewesen, und die Werkshalle war von der Straße her über eine intakte Zufahrt zu erreichen. Ein Autohändler hatte sie angemietet und nutzte sie als Fahrzeuglager.

Ludwig hatte zwei große Freunde, die vier Jahre älter waren als er. Er war jetzt schon zwölf. Seine Freunde brachen eines Nachmittags in das Autolager ein und luden ihn ein, in der Halle einmal eine Spazierfahrt zu machen – ganz so wie beim Autoselbstfahrer auf der Kirmes. Die Autos wurden kurzgeschlossen, der kleine Ludwig übernahm das Lenkrad und fuhr zwei Neuwagen in der Halle zu

Schrott. Es gab ein großes Aufsehen, alle Nachbarn liefen zusammen, und Ludwigs Mutter musste dieses Mal einen größeren Koffer packen – für die lange Zeit im St. Georgsheim. Der Schattenhund zog mit ein.

Die Sache hatte einen Vorteil für den Jungen: Vatter tauchte nie mehr auf, um ihn den rechten Weg ins Leben zu weisen, und – obwohl festgesetzt und unter ständiger Obhut – Letzteres war ja für ihn reine Routine – konnten sich seine unstrittig vorhandenen geistige Fähigkeiten besser entfalten als früher zuhause, sodass er am Ende sogar einen passablen Schulabschluss hinlegte.

Alte Freunde

Von Köln bis Münster war noch eine Fahrtzeit von eineinhalb Stunden durchzustehen, bis der spannende Moment kommen sollte, an dem der Einladende selbst auftauchen würde. Die Unterhaltung zwischen Peter Klemm und Susanne Ohnweiler verlief mittlerweile ziemlich eintönig. Es gab lange Schweigephasen, in denen beide ihren eigenen Gedanken, die sich doch um ein und dieselbe Sache drehten, nachhingen.

„Micky" Klemm hatte die Frau, die ihm gegenüber saß, und die jetzt füllig geworden war, ganz anders in Erinnerung. Gut, sie hatte es zu etwas gebracht, was er ihr niemals zugetraut hätte. Sie hatte eine späte akademische Laufbahn hingelegt und sich eine angesehene bürgerliche Existenz geschaffen. Alle Achtung, dagegen stand er recht mickrig da. Früher, als sie noch sportlicher ausgesehen hatte, war sie von einem anderen, sehr spontanen Temperament geprägt gewesen, schwer zu bändigen bei allem, was sie gemeinsam unternahmen. Immer neue, chaotische Einfälle, die die Gruppe jedes Mal an den Rand des Ruins gebracht hatte. Der Einzige, der sie jemals hatte bändigen können, war der große Kurfürst gewesen. Zum Dank durfte sie dann auch mit ihm schlafen. Er selbst war nie an sie rangekommen. Aber, wenn auch: so eine Schönheit war sie nun auch wieder nicht. Auch damals nicht. Und auch Nero hatte keine Chance bei ihr (oder beim Großen Kurfürsten) gehabt. Nero, der jetzt nicht mehr da war. Schon lange nicht mehr. Schade eigentlich. War ein umgänglicher Kerl gewesen.

Aber – trotz aller Disziplinlosigkeit – war Susi doch ein treuer Soldat gewesen – bis zum Ende.

„Woran denkst Du", wollte Klemm jetzt von ihr wissen, während sie in ihre Endlosschleife blickte, die draußen vor dem Zugfenster vorbeizog.

„An nichts besonderes", und versuchte ein charmantes Lächeln, was ihr auch irgendwie gelang. Micky dachte sich seinen Teil.

***

Sie war jetzt ein bisschen unruhig. Sie hatte nicht damit gerechnet, dass der große Kurfürst auch noch den Rest der Truppe, oder was davon übrig geblieben war – war ja nur Klemm –, eingeladen hatte. Nicht, dass sie darauf aus war, alte Techtelmechtel wieder aufleben zu lassen, aber sie hatte zumindest gedacht, sie wäre in den Augen von Ludwig etwas Besonderes gewesen all die früheren Jahre.

Micky Klemm war ein Trottel. Immer schon gewesen. Das hatte sich anscheinend bis heute nicht geändert, wie sie sofort bei der Begrüßung bemerkt hatte. Wäre er beim ersten Mal nicht zufällig mit dabei gewesen, wäre keiner auf den Gedanken gekommen, ihn später da rein zu ziehen. Er war immer unbrauchbar gewesen – ob es sich um Botengänge, Informationsbeschaffung oder nur darum handelte, belegte Brötchen zu besorgen. Er hatte immer alles vermasselt. Kein Wunder, dass er jetzt an der Kasse eines Museums saß, um Eintrittskarte abzureißen.

Sie hatte keinen Schimmer, was der Boss vorhatte – nach dreißig Jahren. Zuzutrauen war ihm einiges. Alles hing davon ab, wie er sich jetzt im Leben positioniert hatte. Was für eine neue, endgültige Fassade er sich aufgebaut hatte. Finanziell schien es ihm ja prächtig zu gehen, sonst würde er sicherlich nicht den ganzen Trip und den Aufenthalt an der Nordseeküste bezahlen. Aber er war nie ein Menschenfreund gewesen, eher ein

Zyniker, der den guten Willen anderer verspottete. Da musste mehr sein, irgendein Haken. Mittlerweile bereute sie, dass sie zugesagt hatte. Aber er kannte ihre Adresse. Er wäre in der Lage gewesen, ihr Unannehmlichkeiten zu bereiten, sie zu erpressen. Dazu war zuviel zwischen ihnen vorgefallen. Zu viele Leichen im Keller. So war sie gehorsam geblieben – wie in alten Zeiten: brav und gehorsam. Hatte sich wieder unter seinen Willen gestellt.

***

Münster Bahnsteig 1: der Mann und die Frau im Speisewagen starrten wie gebannt auf die Menschen, die draußen herumstanden, ihre Koffer hüteten oder hinter dem einfahrenden Zug herliefen, um an den sich öffnenden Türen möglichst die ersten beim Einsteigen zu sein. Aber zunächst musste sich ja der Strom aussteigender Passagiere ergießen und abebben. Micky Klemm und Susi Ohnweiler versuchten, inmitten der

Menschentrauben einen Mann zu identifizieren, den sie seit einer Generation nicht mehr gesehen hatten – natürlich ohne Erfolg.

Die Minuten verstrichen. Menschen hatten sich auf der Suche nach freien Plätzen oder Reservierungen durch den Speisewagen gezwängt und waren wieder verschwunden. Einige hatten Platz genommen, aber ihre Zielperson war nicht dabei. Es piepte dreimal, und der Zug zog langsam wieder an. Sie fuhren an der DB-Verwaltung vorbei. Der ICE nahm Fahrt auf. Vor den Zugfenstern glitten Mehrfamilienhäuser mit Balkonen vorüber. Es ging weiter nach Norden.

„Der hat uns verarscht", bemerkte Klemm. „Hast Du seine Handy-Nummer?"

„Irgendwo im Koffer."

Die Frau blickte starr in eine Richtung an ihrem Gegenüber vorbei. Ein Mann bewegte sich am Ausschank des Speisewagens vorbei in ihre Richtung. Sie nickte Micky zu:

„Da kommt er."

Klemm drehte sich um. Eine schlaksige, hoch gewachsene Figur, die einen großen schwarzen Hartschalenkoffer hinter sich her zog, kam breit grinsend auf den Tisch der Beiden zu. Der Mann mit der Erfolgsbräune im Gesicht hatte seine grauen kurz geschnittenen Haare nach hinten gegeelt und trug – jahreszeitlich gemäß – einen Tweedsakko mit braunen Lederflicken auf den Ellbogen, darunter einen dunkelgrünen Sweater mit V-Ausschnitt, darunter ein blau-weiß-rot kariertes Hemd. Seine dunkelbraune Wollhose und die auberginefarbenen Schnallenschuhe ergänzen das Outfit des Country Gentleman. Seinen Trenchcoat trug er über den linken angewinkelten Arm. Er trat an ihren Tisch:

„Entschuldigen Sie. Ist bei Ihnen noch ein Plätzchen frei?"

Klemm blickt mit offenem Mund nach oben in das Gesicht des Neuankömmlings:

„Mensch …. Ludwig …."

Der Neue verwandelte sein Grinsen in ein breites Lachen:

„Freunde aus der alten Zeit! Freunde aus der alten Welt! Schön, dass Ihr's geschafft habt. Schön, dass Ihr gekommen seid. Einen Moment. Bin gleich bei Euch."

Er verstaute seinen Koffer auf der dafür vorgesehenen Ablage am Ende des Waggons, ließ seinen Mantel ebenfalls dort und kam zurück:

„Was wollt Ihr trinken?"

„Ich nehm´ noch einen Kaffee", sagte Klemm.

„Ich auch", ergänzte Ohnweiler etwas schüchtern. Sie blickte seitwärts.

„Was ist denn mit Euch los? Ich hab für heute genug Kaffe gehabt. Ich werde mir jetzt ein Fläschchen Grauburgunder genehmigen."

„Bin dabei", kam es von Susi. Klemm blieb bei Kaffee. Während der Lange die Getränke besorgte, tauschten sich die beiden kurz und still aus:

„Hab ihn sofort erkannt", erklärte Ohnweiler. „An seinem Gang und an den Augen. Und dünn ist der ja immer schon gewesen."

„Aber die Klamotten….wenn ich an früher denke. Das T-Shirt konnte nicht dreckig genug sein und die Jeans …"

Der Mann kam mit einem Tablett und den Getränken zurück. Außerdem hatte er Erdnüsse mitgebracht.

„So jetzt erzählt mal."

„Du zuerst, Ludwig", verlangte Micky. „Du hast uns ja eingeladen. Vielen Dank übrigens, aber was liegt denn an?"

***

Aber dann war es doch Micky, der zuerst von sich erzählte – aber nur von seiner augenblicklichen Situation. Dass er Kartenabreißer in einem Museum geworden war. Und Susi Ohnweiler berichtete von ihren Kühen und Pferden.

Der große Kurfürst machte ein wichtiges Gesicht als zwei weitere Fläschchen Grauburgunder und ein weiterer Pott Kaffe auf dem Tisch standen. Draußen ruckelte die Endlosschleife weiter an den Fenstern vorbei. Der Himmel hatte sich bezogen und die Landschaft mit einem matten Grau übertüncht. Sie stießen an:

„Auf den Urlaub!"

„Auf den Urlaub!"

Dann legt Ludwig los:

„Ihr sollt es auf meine Kosten ein paar Tage richtig gut haben …."

„Womit haben wir das verdient?" unterbrach Peter „Micky" Klemm. „Ich meine: was ist der Anlass? Das kostet doch."

„Lass mich mal. Also, das mit den Kosten sollte Euch nicht beunruhigen. Wir haben etwas zu feiern. Dafür lade ich Euch ein. Wir steigen in Harburg aus und wechseln auf einen Regionalzug, der uns nach Cuxhaven bringt. Dort habe ich für eine Woche ein schnuckeliges Ferienhäuschen gemietet – in Sahlenburg. Es ist für alles gesorgt. War kürzlich schon mal da und hab´ einige Vorräte dort deponiert. Was sagt ihr?"

Betretenes Schweigen. Schließlich raffte sich Susi Ohnweiler auf:

„Mensch Ludwig, also, erst mal danke, aber das kommt so aus heiterem Himmel. Wir haben uns doch ewig nicht gesehen. Wie kommst Du darauf?"

„Wir haben etwas zu feiern."

Erwartungsvolles Schweigen.

„Es ist in dieser Woche fünfunddreißig Jahre her. Jubiläum. Ich hätte auch bis fünfzig warten können, aber wer weiß, ob wir dann noch alle an Bord sind."

Betretenes Schweigen.

Klemm blickte zum Fenster hinaus:

„Du meinst Kunkemühle?"

„Genau. Ihr wollt doch nicht kneifen?"

„Bin dabei. Hab ja extra Urlaub genommen."

Ohnweiler schluckte und nickte:

„Wie bist Du so reich geworden, Ludwig?"

„Hab ein Ingenieurbüro in Münster am Prinzipalmarkt. Beste Lage"

„Wie hast Du das denn hingekriegt? Hast Du nachher noch studiert?"

„Ach was. Hab mich als Unternehmensberater durchgeschlagen. Hab einen kennen gelernt, der arbeitete für so eine Beratungsfirma. Der hat mich da rein gebracht. Dann lernt man dazu, und irgendwann steht man auf eigenen Füßen. Läuft ganz gut. Bin sozusagen Sorgen frei. Solange es läuft. Vielmehr brauche ich nicht. Irgendwann ist sowieso Schluss, dann leb ich von den Zinsen. – Auf jeden Fall freue ich mich, dass Ihr dabei seid in Cuxhaven. Wird sicher lustig."

Urlaub

Es war kurz nach 14:00 Uhr, als Thomas Mohrmann mit dem Regionalzug in Cuxhaven eintraf. Er hatte eine ruhige Fahrt von Bochum zuerst in einem IC und ab Hamburg-Harburg in einer Privatbahn verbracht. Jetzt durchquerte er mit seiner ziemlich schweren Reisetasche am langen Arm und einem Tagesrucksack auf dem Rücken die kleine Bahnhofshalle und machte vor den Schließfächern Halt. Hier deponierte er sein Gepäck und verließ den Bahnhof zu Fuß Richtung Häfen. Er passierte das Arbeitsamt, die Kneipe „Hohe Luft" und bog dann nach rechts ab, den Schutzdeich entlang, hinter dem das Schifffahrtsamt lag, immer weiter an kleinen Geschäften vorbei, rechts die „Austernperle", bis er schließlich eine Treppe den Deich hinauf stieg und an seinem vorläufigen Ziel eintraf: Hus op´n Diek.

Er wusste schon vorher – schon seit Bochum, als in den Zug gestiegen war – was er sich bestellen würde: Scholle Finkenwerder Art. Er trat ein. Es war wenig Betrieb, und er setzte sich an eines der Fenster mit Blick auf die Verwaltungsgebäude am Passagierhafen.

Für Thomas Mohrmann war es die erste Urlaubsreise seit seiner Pensionierung als Kriminalhauptkommissar. Es war zugleich seine erste Urlaubsreise allein. Seine Frau war vor einem halben Jahr an Darmkrebs gestorben. Er musste noch darüber hinweg kommen. Hier in Cuxhaven hatten sie gemeinsam ein halbes Dutzend Male Erholung gesucht und gefunden.

Die Scholle wurde von dem portugiesischen Kellner auf einem riesigen fischförmigen Glasteller serviert, dazu Bratkartoffeln und Salat mit einem eiskalten halben Liter Haake-Beck und einem Linie Aquavit. Sein Blick nach draußen zeigte ihm einen grauen, verhangenen Himmel. Die ersten Tropfenspuren malten sich auf den Fensterscheiben. Mohrmann prostete sich zu.

Es war schon ein komisches Gefühl, dieser Ruhestand. Nicht nur, dass das Geld am Ende jeden Monats von alleine auf sein Konto purzelte, ohne dass er dafür eine Gegenleistung erbrachte. Das war bei allen anderen Pensionären ja genau so. Was ihm zusätzlich das Gefühl gab, etwas vergessen zu haben, etwas liegen gelassen zu haben, eine gewisse Leere, war die Tatsche, dass er seine Reflexe nicht mehr benötigte, dass er anders durchs Leben ging – ohne alles irgendwie observieren zu müssen, abzuschätzen, einzuordnen, wie er es als Polizist so gewohnt gewesen war. Das, was ihm in Fleisch und Blut im Laufe der Jahre eingewachsen war, war jetzt überflüssig, unbedeutend. Irgendwie fehlte es ihm. Es würde eine Weile dauern – so wie er manchmal das Gewicht seiner Dienstpistole vermisste – als hätte er seinen Wohnungsschlüssel vergessen, wenn er das Haus verließ. Er musste sich an alles neu gewöhnen – ganz alleine.

Der Ex-Kommissar atmete tief durch. Sein Teller war leer. Er hatte alles verputzt. Regen trommelte an die Scheibe. Nur gelegentlich huschte ein Mensch vorüber. Er prostete sich noch einmal zu. Dann bat er um die Rechnung.

***

Nach seinem entspannten verspäteten Mittagessen bummelte der Ex-Kommissar trotz Regenwetters gemütlich zum Bahnhof zurück, holte seine Sachen aus dem Schließfach und nahm den Bus nach Duhnen, wo er in einer Agentur den Schlüssel für sein Ferienhäuschen abholte. Er hatte die Auswahl: Eins von den drei Häuschen, die in Sahlenburg angeboten wurden, war bereits belegt, aber die beiden anderen waren noch frei. Er wählte das mittlere.

Am Brunnenplatz in Duhnen nahm er dann den nächsten Bus nach Sahlenburg, dem westlichsten Ausläufer der Hafenstadt. Es ging vorbei am Wrack-Museum, am Brockeswalde, der heutzutage einen ziemlich verwahrlosten Eindruck machte, an einer Lichtung, auf der elf Rehe standen, bis zur vorletzten Haltestelle – die letzte war direkt am Deich – , an der Mohrmann ausstieg, den Waldsaum entlang ging, wo er nach etwa zwanzig Metern sein Ferienhaus fand. Es war das gewählte mittlere in einer Reihe von drei ziemlich gleichen.

***

Nachdem Thomas Mohrmann seine Sachen in seiner neuen Behausung verstaut hatte, Toilettenartikel säuberlich aufgereiht im Badezimmer, Bücher auf den Couchtisch und den Wecker auf der Nachtkonsole, streckte er sich erst einmal auf der Wohnzimmercouch aus und hielt ein einstündiges Nickerchen. Als er aufwachte, war es draußen noch hell, aber grau. Der Regen trommelte leise gegen das große Fenster zum Garten.

Der Regen sollte ihn nicht hindern. Dafür war man, dafür war er hier oben an der See ausgerüstet. Er streckte sich wieder und reckte sich, sprang vom Sofa und machte sich wanderfertig. Er kannte Sahlenburg von früher her, insofern erwartete er nichts Neues. Ob man wohl das Meer sehen konnte? Wenn der Gezeitenrhythmus ungünstig lag, konnte es vorkommen, dass man eine ganze Woche hier war und das Wasser erst an der Fahrrinne an der Kugelbake vorbei zu sehen bekam.

Mohrmann zog die dicken Wanderschuhe an, seinen wasserdichten Anorak und zurrte die Kapuze über der Baseball-Kappe fest. Einen Schirm konnte er bei dem Seewind nicht gebrauchen. Und raus ging es. Immer am Wald entlang bis zur letzten Bushaltestelle am Deich. Linkerhand die hohen Appartementhäuser. Davor ging es auf einem erhöhten gepflasterten Weg immer schnurgerade weiter bis zum Ende von Sahlenburg. Das würde er sich für nachher aufheben. Rechts führte der Weg in die Duhner Heide hinein. Er stieg direkt auf den Deich – und sah das Meer, das graue Meer. Es war da. Eine Tafel zeigte die Gezeiten an, und er war zufrieden: Während der ganzen Woche, die er hier verbleiben wollte, wäre immer Wasser da. –

Er verließ den Deich, ging zurück zu dem schmalen gepflasterten Weg Richtung Westen und wanderte langsam – den Regen im Gesicht – am Campingplatz vorbei, vorbei an den Hotels und Gaststätten „Störtebecker" und „Wattenkieker" bis zu den kleinen Läden am Ende vor dem Kiefernwald. Kurz davor lud das Lokal „Schifferbörse" zur Einkehr ein. Obwohl er erst vor wenigen Stunden seine Scholle Finkenwerder Art verdrückt hatte, konnte er dem Gedanken an Dorsch auf Orangen nicht widerstehen. Also drückte er die Tür auf, fand einen schönen Platz direkt am Regen verperlten Fenster, umgeben von allen möglichen

Seemanns-Paraphernalien und orderte sein Gericht bei einer netten weiblichen Bedienung im Matrosenanzug. Zu frieden streckte er seine Beine unter den Tisch. So sollte es sein. So sollte es bleiben – die ganze volle Woche lang. –

    Es sollte nicht so bleiben.

Abschied

Sie hatten unruhiges Wetter vorausgesagt. Viel Regen und noch mehr Wind. Es könnte auch Orkanstärke werden. Die Gezeiten lagen zeitlich ungünstig. Wenn das Timing so bliebe, wäre seit vielen Jahren zum ersten Mal wieder Springflut angesagt. Und ausgerechnet jetzt musste er den Flieger nach Frankfurt nehmen. Mit dem Auto würde er das nicht schaffen in der knappen Zeit bis zur Besprechung am frühen Nachmittag. Staus und noch mal Staus. Allein um Hamburg herum fünf Autobahnkreuze und vier Baustellen.

Dirk Blumhardt kaute lustlos an seinem Brötchen in der netten Zweieinhalb-Zimmerwohnung mit Terrasse an der Ruhrstraße in Bahrenfeld. Seine Freundin Tina schenkte Kaffee nach:

„Bin ich froh, dass ich heute nicht raus muss."

Es war Mittwoch, und mittwochs hatte die Zahnarztpraxis geschlossen. Sie würde es sich also zuhause gemütlich machen und den Regen durchs Fenster beobachten. Und ein Tag ohne Dirk. Musste auch mal sein.

„Du hast es mal wieder gut, aber ich gönn Dir das. Vielleicht fallen die Flüge ja aus bei dem Wind. Dann bin ich im Null-Komma-Nichts wieder hier oben. Ich hab echt keine Lust auf den Stress heute."

Dirk Blumhardt betreute Aktiendepots für wohlhabende Kunden seiner Bank. Und heute stand das monatliche Strategiegespräch in der Zentrale in Frankfurt an. Er wusste, dass das eine reine

Pflichtübung war. Große strategische Wendungen wären ausreichend im Vorfeld bekannt geworden – am ehesten über die Wirtschaftspresse. Er war fünfunddreißig Jahre alt und lebte seit zwei Jahren mit der fünf Jahre jüngeren Tina Scholz zusammen. Sie verstanden sich gut, aber es gab noch keine konkreteren Pläne für die Zukunft. Heute spät abends würde er wieder zurück sein.

Er stopfte den Rest seines Brötchens in sich hinein, spülte mit dem übrigen Kaffee nach und erhob sich übellaunig, während er noch kaute. Seine Aktentasche stand im Flur auf dem Sideboard. Er nahm den Trenchcoat vom Garderobenhaken, fühlte mit der freien Hand noch einmal in die Innentasche seines Jacketts: alles da – Pass, Ticket, OK.

„Tschüs, mein Liebling, bis heute Abend, Genieß den Tag."

„Komm gut zurück – bis nachher."

Zwei Küsschen links und rechts, dann war er aus der Tür und zum Fahrstuhl. Unten in der Tiefgarage wartete sein Z3.

***

Es war schon einige Zeit her, dass Blumhardt nach Hamburg gekommen war. Seine Heimat der Jugend befand sich im Sauerland in Arnsberg. Aber Arnsberg hatte er schon unmittelbar nach dem Abitur verlassen, um in Koblenz an der Fachhochschule BWL zu studieren. Seitdem sah er seine Eltern nur noch sporadisch, wenn es klappte, möglichst zu Weihnachten. Mehr Zeit war bei dem Job nicht drin. Nach Hamburg hatte es ihn vor drei Jahren verschlagen. Man ging ja dahin, wohin einen die Arbeit trieb. Zeit zum Wurzeln schlagen gab es jetzt noch nicht. Trennung war sein ewiges Gebot der Stunde. Den traditionellen Sozialverband hatte er hinter sich gelassen. Für die Zurückbleibenden wurde er quasi immer mehr zum vaterlandslosen Gesellen. Darin war er vielen Menschen in einer Zeit, in der Entwurzelung zur Normalität geworden ist, gleich. In seinem Job kam er mit vielen Menschen zusammen, die aus allen Ecken der Welt stammten, um unter Inkaufnahme von allerlei möglichen Ungewissheiten ihr Glück in der Fremde zu versuchen – immer verbunden mit irgendeiner Hoffnung auf den großen Wurf – irgendwann. Der meistens nie kommen wollte. Das Ziel war immer offen, verbunden auch mit wirtschaftlicher Ungewissheit. Für einen Aufbruch bedurfte es nicht immer eines großen Schwellenereignisses. Oftmals genügten kleine Anlässe oder die Neugier, geweckt durch Berichte von Bekannten, mal wieder woanders etwas anderes zu machen: der Vorteil und der Preis für seine schwer erkämpfte persönliche Autonomie. Es gab keine Road Map. Auch mit Tina nicht.

Dirk Blumhardt lenkte seinen Z3 in die Parkzone P5 am Helmut-Schmidt Flughafen in Hamburg.

Einmal im Monat wegen Frankfurt. Und zusätzlich zweimal im Jahr wegen der Seychellen oder Thailand oder der Dominikanischen Republik wegen Tina. Das reichte, um den Airport einigermaßen in- und auswendig zu kennen. Andere waren jedes Mal ganz aus dem Häuschen und kriegten feuchte Augen, wenn sie das Wort „Flughafen" nur hörten. Für ihn war es nur ein Synonym für Langeweile. „Hafen" ja! Das faszinierte ihn. Dabei dachte er an Seehäfen. Auch deshalb war er nach Hamburg gekommen. Alte Romantik aus Jugendbüchern und Liedern. Aber ein Flughafen – ob hier oder sonst wo auf der Welt – war nichts anderes als ein Konglomerat aus Stahl und Beton, ausgefüllte von riesigen Verkaufshallen, in denen man Sachen kaufen konnte, die niemand benötigte.

Einmal hatte er seine Krawatte zuhause vergessen und war genötigt gewesen, in einem Airport-Shop eine zu kaufen: Faktor zehn im Preis im Verhältnis zu draußen. Gut, dass er nicht darauf angewiesen war, sich ständig hier zu versorgen. Rein und schnell wieder raus. Das war seine Devise. Auch für heute.

***

Nach fünf Minuten Kurven und Suchen hatte er auf Deck 2 noch einen Stellplatz gefunden, in den sein Sportwagen hinein passte. Quer durch das Deck geeilt und durch eine kleine Aufzugsschleuse trat er auch schon in Terminal 2 ein und hatte die Lufthansa-Eincheckautomaten direkt vor sich. Er blickte kurz auf die große Anzeigetafel: keine Verspätung, leider auch kein Flugausfall: Gate B20.

Er trug nur Handgepäck bei sich, entnahm seinen Boardingpass dem Automaten – wie immer hatte er sich irgendwo am Gang platziert – und schon stand er vor den Durchleuchtungsautomaten der Sicherheitsleute in der Airport Plaza. Fünf Minuten später setze er sich in einen unbequemen Schalensessel im Boarding-Bereich. Er hatte sich noch schnell die heutige Ausgabe der „Welt" von der Auslage gegriffen. Auf Kaffee konnte er jetzt verzichten. Das Frühstück hatte er bereits zuhause genossen. Dirk Blumhardt gehörte zu der Generation von Vielfliegern, die den LH-Service von vor zwanzig Jahren nicht mehr kannten. Deshalb vermisste er auch nichts: kein Lunch-Paket, keine Drinks.

Man saß eng. Die Sessel waren jetzt alle besetzt – und wenn es nur abgelegte Mäntel von Passieren waren. Neben ihm saß eine junge Frau, die er nur flüchtig von der Seite wahrgenommen hatte. Sie las in einer Ausgabe vom „Metropolitan". Noch zwanzig Minuten bis Boarding.

Kunkemühle

Der erste Frühherbststurm war über das Emsland hinweg gefegt. Bäume waren entwurzelt worden, Dächer abgedeckt, Äste lagen auf den Regen gepeitschten Straßen. Zwei Tage später waren die wichtigsten Aufräumarbeiten erledigt. Lediglich in den Wäldern und auf den Feldwegen sah es noch grausig aus.

Es war schon dunkel. Immer noch frischte der Wind im Nachgang zu dem vergangenen Orkan gelegentlich böig auf. Der junge Mann am Lenkrad des rostigen verbeulten VW Golf älteren Baujahrs hatte Mühe, den Wagen auf der B70 Richtung

Lingen auf der Spur zu halten. Zum Glück war das Gefährt mit drei weiteren Personen gut beladen, so dass der Wind nicht Sieger blieb. Kurz bevor sie die Brücke über den Dortmund-Ems-Kanal erreichten, bremste der Fahrer ab und schlug nach rechts in einen holprigen Schotterweg ein, der durch Dickicht und Gebüsch führte. Dann ließ er die Kiste auf dem provisorischen Parkplatz vor einer einsamen Eisdiele ausrollen. Wie ein dunkler Kotz lag die Gaststätte da. Man hatte schon Feierabend, oder es kam sowieso niemand mehr vorbei. Innenbeleuchtung und Leuchtreklame waren erloschen. Die vier jungen Leute – drei Männer und eine Frau – krochen langsam aus dem Wagen und reckten sich.

„Wo geht´s lang", fragte einer.

„Geradeaus den Weg zum Kanal. Dann sind wir auf der Piste."

„Wie spät hast Du´s?"

„Viertel vor Zehn."

„Dann sind wir gegen halb elf da."

„OK. Auf geht´s."

Alle vier trugen dunkle Regenjacken, Jeans und dickes Schuhwerk. Momentan war es trocken, der Untergrund jedoch verschlammt. Schwarze Wolken trieben vor einem überdimensionalen Vollmond her. Wassertropfen, die von den Blättern und Zweigen der Büsche, unter die sie hermussten, herunter fielen, trafen sie in Gesicht und Nacken. Nach fünfzig Metern erreichte die Gruppe den Pfad, der am Kanal entlang säumte. Keine Menschenseele weit und breit. Sie schlugen die Richtung nach Norden ein. Der Typ, der den Golf gefahren hatte, überragte seine Gefährten um Kopfeslänge. Er hob einen Arm, und alle bleiben stehen. Dann griff er nach innen in seinen Anorak und holte eine silberfarbene Thermosflasche hervor:

„Hier, macht Euch warm!"

Die Flasche ging reihum, und jeder nahm einen Kräftigen Schluck. Einer hustete:

„Was war das?"

„Übersee-Rum. Vierundfünfzig Umdrehungen."

Die jungen Leute gingen schweigend weiter. Links der Kanal, der im Mondlicht stahlblau schimmerte, rechts kleine Wäldchen, unterbrochen von Weiden, auf denen jetzt kein Vieh mehr weidete, durch die sich der Pfad gelegentlich wand. Manchmal schien es, als gäbe es kein Weiterkommen, wenn umgestürzte Bäume ihnen den Weg versperrten. Dann mussten sie entweder darüber klettern, durch zersplitterte Äst hindurch, oder kleinere Umwege durch nasses Farnkraut und Brombeergestrüpp machen. Die Frau fluchte:

„Wisst Ihr, wie das hier in der Einsamkeit aussieht, in diesem Wechsel zwischen stockdunkel und halbdunkel mit dem ganzen Sturm und so?"

„Wie denn?"

„Wie am Anfang von Polanskis Macbeth mit den drei Hexen. Hier möchte ich nicht alleine sein."

„Du hast ja uns", erwiderte der Lange und reichte die Flasche noch einmal herum.

„Bin gespannt, was die Truppe nachher sagt, die Pfeifen, besonders der Bonsai", warf einer von den anderen Männern ein.

„Die hassen uns."

***

Der Holzofen glühte, und die Temperatur in dem fünf Mal fünf Meter großen Raum hatte mindestens dreißig Grad erreicht. Trotzdem schmiss Bonsai immer noch ein paar Scheite nach. Bonsai war der kleine König in der Runde von insgesamt sechs jungen Leuten, die nach dem Sommer noch einmal zusammengekommen waren, um Abschied zu nehmen, bevor es ans Studieren oder zur Bundeswehr ging: vier Männer und zwei Frauen in ausgelassener Stimmung.

Das Wochenendhäuschen gehörte Bonsais Vater, und sein Bruder hatte die Truppe mit einem Transporter bequem hier nach Kunkemühle zwischen Spelle und Emsbüren gefahren. Jede

Menge Vorräte waren auch an Bord gewesen: Schinken und Käseblöcke, Gurken, Brotlaibe und Snacks, Gulaschsuppe, die jetzt auf der heißen Ofenplatte brodelte, mehrere Kisten Bier und Rum und Rotwein.

    Bonsai war der große Organisator. Sie nannten ihn so, weil er nur knapp eins-sechzig groß war. Er hatte nicht zu den Fleißigsten und auch nicht den Begabtesten seines Jahrgangs gehört, und sein Abiturdurchschnitt war im unteren Drittel gelegen, aber sein Vater besaß eine Lebensmittelfabrik und war immer schon großzügiger Sponsor des Gymnasiums gewesen, wenn es um die Beschaffung von Musikinstrumenten oder neuen Medizinbällen für den Sportunterricht ging. Bonsai hatte immer ein weiches Stuhlkissen auf dem Gepäckträger seines Fahrrads dabei gehabt, damit er im Unterricht nicht auf den harten Stühlen im Klassenzimmer sitzen musste.

    Mit in der ausgelassenen Runde befanden sich Rudi, dessen Vater Rechtsanwalts war, die

Ulrike, Tochter eines Apothekers, Renate, deren Eltern ein Uhrengeschäft besaßen, Thomas vom ersten Hotel am Platze und Rolf, genannt Rolle, aus dem Stamme eines Fotogeschäftsinhabers. Sie tagten jetzt schon seit über zwei Stunden, und nach dem hastigen Verzehr etlicher Flaschen Bier sowie der Leerung der ersten Flasche Rum erreichte die Lustigkeit inzwischen einen vorläufigen Höhepunkt.

„Ratet mal, wer sich für heute hier einladen wollte?" schrie Bonsai.

„Keine Ahnung. Wer denn noch?" fragte Rudi.

„Könnt Ihr Euch das vorstellen? Der große Kurfürst. Tatsächlich – mit seiner Truppe. Der ganze hässliche Verein. Die wollten mit uns und auf unsere Kosten feiern."

Großes Gelächter allerseits.

„Und was hast Du ihm gesagt?" fragte Ulrike.

„Ich hab ihm gesagt, er soll dahin gehen, wo Seinesgleichen feiert: in der Gosse bei seiner

Drecksfamilie, der Scheißkerl. Ich hab ihm gesagt, er soll sich verpissen."

Erneutes Gelächter.

„Und, was hat er gesagt?"

„Nichts hat er gesagt. Wir sehen uns oder so, und weg war er. Er hatte diesen komischen Micky dabei. Ihr wisst schon, den Penner, der immer alles vergisst. Wie der das Abi geschafft hat, ist mir ein Rätsel. Also kommt: auf uns: Prost!"

***

Die vier dunklen Gestalten kämpften sich am Kanal entlang durch Wind und leichten Regen, durch Gebüsch und über umgekippte Bäume und abgebrochenes Astwerk, schlängelten sich durch Farnkraut und unter Moos behangenen Zweigen hindurch unter dem Lichte des fahlen Vollmonds, der sich gelegentlich zeigte, wenn die schwarzen Regenwolken ihn frei gaben.

Die Frau im Bunde äußerste Zweifel an der Richtigkeit des Weges, weil alles schon solange dauerte, aber der Lange beruhigte sie und verteilte erneut eine Runde Überseerum.

Schließlich lichtete sich das Gehölz weiträumig, und sie erkannten linkerhand Lichter, die sich im Wasser spiegelten.

„Sind wir da?"

„Nein. Noch nicht. Das ist die Schleusenanlage dort drüben."

Kein Schiff in Sicht, keine menschliche Aktivität weit und breit. Zu aller Erleichterung verbreitete sich jetzt der Weg. Auf einem Schild rechter Hand stand „Moorlage" geschrieben. Der Lange nickte. Alles paletti. Sie gingen weiter:

„In zehn Minuten sind wir da."

Sie waren jetzt eine gute Dreiviertelstunde unterwegs. Schließlich tauchte rechts ein verlassenes Gebäude auf, eine Art Gehöft mit mehreren kleinen Wirtschaftsgebäuden drum herum. Der Anführer beschleunigte seinen Schritt, ging an dem dunklen

Haus vorbei und bog dahinter nach rechts in eine befestigte Straße ab, an allerlei Gerümpel und Fässern vorbei. Nach gut einhundert Metern führte ein breiter Fahrweg links ab, gesäumt von Alleebäumen an einem kleinen See vorbei auf ein Häuschen zu, durch dessen halb geschlossene Fensterläden ein warmer Lichtstrahl fiel.

***

Es war schon ein Zeitchen her, dass jemand Holz in den Bollerofen nachgelegt hatte. Dennoch war das Ofenrohr noch so heiß, dass man es nicht anfassen konnte. Die wohlige Wärme in dem Raum hielt Stand. Rudi lag zusammengerollt unbequem in einem der drei Sessel, Ulrike schlief im Sitzen auf dem Sofa neben Bonsai, der sein Rum-Cola-Getränk fest in der Hand hielt und es mit schrägen Augen anstarrte. Die anderen versuchten, aus ihren halb gefüllten Bierflaschen noch gelegentlich einen Zug zu nehmen und lauschten ansonsten still einer

Tonbandwiedergabe von Beach Boy Songs, die Bonsais Bruder zusammengestellt hatte.

Rolle hob den Kopf wie ein Wachhund, der etwas gehört hatte.

„Was ist das?" fragte er in die Runde.

Keine Antwort. Jetzt hob es sich deutlicher gegen die Musik ab. Da war doch irgendetwas. Rolle erhob sich mühsam und schwankend und hielt das Tonbandgerät an. Schlagartig war Ruhe, aber jetzt hörten alle, die noch nicht schliefen, ein Geräusch vor der verschlossenen Tür: jemand klopfte dort an, an der Draußentür. Bonsai war mit einem Schlage hellwach, sprang auf und war mit zwei Schritten bei der Tür. Das Klopfen wurde stärker.

„Wer ist da?"

„Wir. Mach auf! Wir haben Durst", tönte es von außerhalb.

„Ach du Scheiße", Bonsai wandte sich nach innen zu seinen Kameraden. „Das ist der große Kurfürst mit seinen Leuten."

Er öffnete die Tür einen Spalt, und sofort schob sich ein bestiefelter Fuß zwischen Rahmen und Tür.

„Was wollt Ihr? Verschwindet. Ihr seid nicht eingeladen."

„Wir sind Deine Kameraden, drei von uns waren auch in Deiner Klasse. Und wir wollen ein bisschen mitfeiern. Dies ist doch ein Ehemaligentreffen oder nicht?"

„Nein. Ist es nicht. Hier sind nur meine persönlichen Freunde. Und dazu gehörst Du nicht. Und die anderen da draußen auch nicht. Klar? Außerdem warst Du sowieso gar nicht auf der Penne. Verpiss Dich!"

Der Mann draußen schob seine ungeschützte Hand durch den Türspalt. In diesem Moment trat Rolle, der hinter Bonsai stand, von innen gegen die Tür und quetschte die Finger des Eindringlings ein. Ein Aufschrei vor dem Häuschen, Stiefel und Hand wurden blitzartig zurück gezogen, die Tür fiel zu, und der Riegel wurde von innen vorgelegt. Bonsai eilte zu den beiden Fenstern links und rechts vom Eingang und verriegelte die Blendläden.

***

Die Frau inspizierte die Hand des Anführers unter dem Schein einer Taschenlampe ein Stück weit entfernt von dem Party-Haus. Blut lief die hoch gestreckten Finger entlang in den Ärmel der Parkajacke seines Besitzers. Mittel- und Ringfinger der rechten Hand waren arg lädiert, ob gebrochen, konnte man nicht sagen, da das Opfer schmerzerfüllt keine weitere Berührung mehr zuließ. Der Mann schwieg eisern. Langsam bewegt sich die Gruppe von dem Häuschen weg zurück zur befestigten Straße. Dort hielten sie wieder an.

Sie sagten „Scheiße" und „Arschlöcher" und so etwas Ähnliches. Der Blick des Langen schweifte über das Gerümpel vor dem Wirtschaftsgebäude auf der anderen Straßenseite. Er hatte etwas entdeckt:

„Kommt mal mit rüber", stöhnte er mehr als er sprach.

Er führte seine Freunde auf zwei rote Blechfässer zu, deren Stirnseiten oben gelb bemalt waren. Der Mann ruckelte an einem Fass und stellte fest:

„Noch mindestens halb voll."

„Was ist da drin?" wollte einer wissen.

„Mal sehen."

Der Anführer schraubte die Verschlusskappe auf dem Deckel ab und roch am Inhalt:

„Benzin."

Dann:

„Los, helft mir", und begann, das Fass zu kippen, nachdem er es wieder verschlossen hatte.

„Was willst Du?"

„Die brauchen einen Denkzettel, die Kameradenschweine. Die kriegen jetzt Druck."

„Was hast Du denn vor?"

„Wirst schon sehen. Oder lässt Du mich jetzt auch noch im Stich?"

Es war Micky. Aber Micky war gehorsam. Er und der dritte Mann drehten das liegende Fass so, dass sie es auf die Straße rollen konnten. Die Frau räumte einige Dachlatten und Kanthölzer, die im Wege lagen, auf die Seite, und nun rollten die beiden Männer, die noch gesunde Hände hatten, das Fass auf die Straße:

„Und jetzt?"

„Immer weiter", befahl der Verletzte. „Da lang!"

Und zeigte in Richtung Sommerhaus. Die beiden zuckten mit den Schultern und rollten die Tonne die Straße entlang, indem sie mit ihren Stiefeln dagegen traten. An der Abbiegung ging es auf den Fahrweg – schweigend immer weiter. Bis sie vor dem Haus, von dem sie abgewiesen worden waren, angekommen waren. Der Verwundete gab flüsternd Anweisungen, das Fass bis kurz vor die Eingangstür zu bugsieren und so zu drehen, dass die Verschlusskappe ganz unten zu liegen kam. Dann schraubte er sie auf, und glucksend strömte das

Benzin heraus, breite sich auf dem Zementfußboden der Eingangsterrasse aus, rund um das Fass, lief von dort seitwärts ins Erdreich und nach vorne unter den Türspalt.

„Los! Wir hauen ab", kam der Befehl, und alle drehten sich weg und rannten Richtung Straße. Der Lange blieb noch fünf Sekunden stehen, bevor er ein brennendes Streichholz in die Pfütze warf. Dann holte er seine Freunde ein. Hinter seinem Rücken machte es „wusch!" und meterhohe Flammen schossen die Vorderwand des ungastlichen Hauses empor.

„Los! Zurück zum Kanal!"

Die vier jungen Leute in der dunklen Kleidung rannten, so schnell sie konnten, den Weg zurück, den sie erst vor knapp einer Viertelstunde gekommen waren, und für den sie im gemächlichen Gang ein Dreiviertelstunde benötigt hatten.

Die Frau drehte sich um. Dahinten, zwischen den Bäumen loderte hell ein Inferno, das sich rasend schnell ausbreitete. Sonst war es still, aber als sie wenig später noch einmal kurz stehen blieb, meinte sie, Schreie aus der Richtung zu hören, in der das Wochenendhaus gestanden hatte. Aber vielleicht hatte sie es sich doch nur eingebildet.

Als sie mehr als die halbe Strecke im Dauerlauf zurück gelegt hatten, konnten sie aus der Ferne Sirenen hören.

***

Nach gut zwanzig Minuten erreichten die ersten beiden Männer erschöpft den alten Golf an der geschlossenen Eisdiele. Sie lehnten sich mit hechelnder Zunge und gespreizten Armen gegen Motorhaube und Seitenfenster – wie Verhaftete bei einer Polizei-Razzia. Wenig später traf der Anführer ein, danach die Frau.

„Los! Einsteigen!" rief der Lange und fummelte die Türenschlösser mit dem Schlüssel in seiner verletzten Hand auf. Alles sprang in den Wagen:

„Wohin?" begann einer.

Keine Antwort.

„Und wenn die tot sind?"

Keine Antwort. Der Wagen schoss den Zufahrtsweg zur B70 hinaus. Dann ging es nach rechts Richtung Rheine.

„Wir haben Scheiße gebaut", wimmerte die Frau. „Was sollen wir bloß machen? Wohin fährst Du?"

„Ich bring uns in Sicherheit. Das alte Leben ist vorbei. Wir müssen uns ab jetzt was Neues ausdenken."

Es kamen Einwände: Vielleicht ist ja gar nichts Schlimmes passiert? Vielleicht war es ja nur die Eingangstür, und die anderen waren irgendwie hinten raus aus dem Haus? Vielleicht sollten sie noch mal nachsehen?

Das war dem Chef dann doch zuviel:

„Ich fahr Dich hin. Du stellst Dich den Bullen, und dann gehst Du in den Knast – zumindest wegen Brandstiftung. Soll ich? Aber dann verpfeifst

Du uns. Das geht nicht. Ab jetzt sind wir aufeinander angewiesen – auf Gedeih und Verderb – für den Rest unseres Lebens. So sieht das aus."

Kein Wort mehr.

Währenddessen hatten sie Rheine erreicht. Salzbergener Straße. Der Fahrer drosselte jetzt die Geschwindigkeit. Strenge 50. Sie überquerten die Neunkirchener Straße und passierten den Bahnhof, fuhren weiter auf dem Kardinal-Galen-Ring, über die Neue Emsbrücke, dann nach rechts auf die Hemelter Straße Richtung Gellendorf, an den „Drei Linden" vorbei, Elter Straße, am Kalksandsteinwerk, durch Gellendorf hindurch, an der General Wever Kaserne vorbei. Kurz vor der Bauernschaft Heine bremste der Fahrer hart ab, bog in einen Feldweg ein und drehte das Licht des Autos aus. Holprig ging es weiter Richtung Ems.

Vor einem Wiesenschuppen kamen sie zum Stehen und stiegen aus. Der Anführer führte sie in den Stall, in dem sich außer Kuhdung nur einige Strohballen befanden:

„Ich fahre jetzt nach Hause. Meine Alten sind nicht da, und hole Geld und Klamotten – für Euch mit. Und was zu Essen und zu Trinken. In einer Stunde bin ich zurück. Dann sehen wir weiter. Haltet Euch still. Wenn jemand kommt, haut ab. Da vorne an der Ems gibt es einen Saumpfad. Immer Richtung Elte, wenn was ist. Ansonsten wartet hier."

Er wollte gehen. Dann drehte er sich noch einmal um:

„Und noch etwas. Wir brauchen ein Code-Wort, mit dem wir uns zu erkennen geben."

„OK? Was denn?"

„Schattenhund."

Ankunft

Es war bereits Spätnachmittag, als die Drei in Cuxhaven aus dem Zug stiegen. Draußen wehte eine steife Brise. Sie nahmen direkt ein Taxi bis zu ihrem Ferienhaus in Sahlenburg. Es war das erste in einer Reihe von drei ziemlich gleichen an der Zufahrtsstraße zum Deich. Der große Kurfürst hatte den Schlüssel bereits in der Tasche, da er schon vor einer Woche dagewesen war und das Haus bei der Gelegenheit angemietet hatte, „um noch ein paar Sachen vorzubereiten", wie er sich ausdrückte. Er bedeutete dem Chauffeur, zu warten, während sie ihr

Gepäck ausluden. Dann ging es sofort wieder zurück nach Duhnen zum Brunnenplatz.

Unter der kenntnisreichen Ägide ihres Anführers marschierten sie zügig auf die Schinkenstube zu, in der es drinnen gemütlicher war als in dem zunehmenden Schietwetter draußen. Es gab Haake-Beck, Schinkenhappen und Käsewürfel. Nachher ein oder zwei Küstennebel und viel Entspannung unter den Schiffsmodellen, die oben auf Borde rundum an den Wänden ausgestellt waren.

Die Frage kam auf, was sie denn alles unternehmen wollten in der Woche, die eingeplant war. Ob Ludwig schon ein Programm parat hätte.

„Ich hab schon einige Ideen. Lasst Euch mal überraschen. Auf jeden Fall besorge ich uns morgen erst einmal ein Auto, damit wir beweglich sind. Heute Abend machen wir richtig einen drauf. Ich freu mich so, dass Ihr es einrichten konntet."

An der Wand gegenüber der hufeisenförmigen Theke hing ein Flachbildschirm, auf dem gerade der Wetterbericht lief. Es sah nicht gut aus für die Region. Orkane waren angesagt. Sie würden ihre Ferien wohl oder übel Wind geschützt im Innern von Gebäuden verbringen müssen, sprachen sich aber dennoch gegenseitig Mut und gute Laune zu. Die wollte man sich doch nicht verderben lassen. Und so begann die unerwartete Urlaubszeit ganz lustig für Susi und Micky. Beide waren zum ersten Mal in dieser Gegend, obwohl Susanne Ohnweiler vorher schon einige Male in Hamburg gewesen war, aber Hamburg – bis dahin waren es ja noch einmal fast hundert Kilometer. Daran dachte sie jetzt nicht. Sie unterhielten sich verhalten über belanglose Dinge, obwohl alle wussten, dass da noch etwas kommen würde – später. Der große Kurfürst hatte nie etwas ohne Hintergedanken gemacht. Da steckte noch etwas dahinter. Hinter all dieser Gemütlichkeit.

Gegen 21:00 Uhr riefen sie noch einmal ein Taxi, das sie wieder zu ihrem Domizil nach Sahlenburg brachte. Dort angekommen, bezogen sie endlich ihre Zimmer – jeder eins für sich – und verstauten ihre persönlichen Utensilien. Im Wohnzimmer traf man sich anschließend wieder. Der große Kurfürst hatte allerlei Schnäpse und noch mehr Bier bereit gestellt. Es gab auch Wein in unterschiedlichsten Farben und Kartoffelchips und Erdnüsse, für den der wollte. Mittlerweile war es auch schon 22:00 Uhr geworden. Draußen war nichts mehr zu sehen außer Laternenschin in der Stockdunkelheit, Regen prasselte gegen die Fensterscheiben und Wind heulte um alle Ecken. Aber – hier waren sie geschützt, konnten die Beine nach der anstrengenden Bahnfahrt lang machen. Nichts wartete auf sie als nur der nächste Morgen. Es herrschte Frieden.

***

Und am nächsten Morgen hatte sich das Wetter doch tatsächlich etwas beruhigt, der Sturm hatte sich fast vollständig gelegt und vorübergehend fiel auch kein Regen mehr. Sie wussten, dass sich das aber wieder ändern würde. Das hatte der Wetterbericht eindeutig vorhergesagt. – Der große Kurfürst kannte eine Bäckerei in der Nähe des Deichs, wo die Leute vom Campingplatz sonst auch einkauften. Er schlüpfte früh aus dem Haus, um frische Brötchen für alle zu holen, während die anderen Beiden Kaffee kochten, das Geschirr bereit stellten und von dem opulenten Aufschnittvorrat, den Ludwig im Kühlschrank gebunkert hatte, reichlich auftrugen.

Der Chef hatte seine Besorgung getätigt und war auf dem Rückweg zu den drei Ferienhäusern, als aus dem Haus neben dem ihrigen, also dem mittleren, ein Mann in dunkelgrünem Anorak mit einer Baseball-Kappe auf dem Kopf aus der Vordertür trat und ihm – offenbar mit einem ähnlichen Vorhaben – in Richtung Bäckerei entgegen ging. Als sie gerade noch zwei Schritte voneinander entfernt waren, hob der Unternehmensberater gerade zum Morgengruß an. Doch das Wort blieb ihm im Halse stecken. Der

Urlaubsnachbar entpuppte sich als ein alter Bekannter aus grauer Vorzeit – aus einer Zeit, als er noch kein Berater gewesen war, aus einer Zeit, die er gerade mit seinen alten Kameraden in Erinnerungen zu zelebrieren plante.

Die Blicke trafen sich kurz, und er sah an dem Ausdruck der grauen Augen des Mannes, der ihn passierte, dass auch er von ihm erkannt worden war.

Hörstel-Ostenwalde

Es war kurz nach Mitternacht. Draußen lag Schnee – nicht dick, aber dennoch vielleicht fünf Zentimeter hoch. Auf jeden Fall war es zu kalt, um raus zu gehen. Der Ölofen stank zwar widerlich, aber die Wärme machte es unmöglich für die beiden Wachleute, die um Mitternacht dran waren, diese spartanische Gemütlichkeit zu verlassen. Außerdem schlief der wachhabende Unteroffizier schon seit mindestens drei Stunden – und sein Stellvertreter ebenfalls. Ihr Schnarchen war unüberhörbar. Der Schnaps, den sie nachmittags von Opa geschenkt bekommen hatten, hatte seine Wirkung getan. Die

Nachmittagsschicht hatte nämlich Regale im Keller von Opas nahe gelegener Kneipe zusammengebaut und sich dafür mit Getränken bezahlen lassen.

Die zwei von der Spätschicht rissen die Waggontür des Wachlokals auf, stürzten herein und brachten Kälte und Schnee mit sich:

„Ablösung!"

Dann warfen sie ihre Ausrüstung und Parkas of die Holzpritschen, auf denen sie sich fünf Minuten später in voller Montur, Stiefel eingeschlossen, langlegen würden:

„Noch Schnaps da?"

„Alles auf."

„Kameradenschweine! Los, raus ihr Beiden!"

Sie waren zusammen acht Leute: Wachhabender, Stellvertreter und sechs Mannschaften für je Zwei-Stunden-Schichten für je zwei von ihnen. Das Wachlokal war ein vorsintflutlicher, ausrangierter Eisenbahnpersonenwagen ehemals dritter Klasse. Vorne war der Aufenthaltsraum mit den original

Holzbänken, einem Tischchen und dem Ölofen. Eine Verbindungstür führte nach hinten in den Schlafbereich mit vier harten Holzpritschen ohne Matratzen, als Etagenbetten konzipiert für diejenigen Vier, die gerade nicht draußen waren und ein Nickerchen auf dem harten Holz halten wollten

Außer der Kneipe an der Ostenwalder Straße im Amt Hörstel gab es hier draußen kein weiteres Zeichen für menschliches Leben. Die Gegend hätte sich auch auf einem anderen Stern befinden können. Ein Kilometer weiter lag noch ein Gehöft, verborgen hinter großen Eichenbäumen, wo die Soldaten gelegentlich Eier kauften, weil ihnen der Fraß, den sie mitbekommen hatten für ihre vierundzwanzig Stunden in dieser Einöde, zuwider war. Laternen gab es hier draußen auch nicht, und sie mussten ihre einsamen Runden im Stockdunklen ziehen.

Neben dem Gleisstück, auf dem ihr Waggon stand, führte ein weiterer Schienenstrang ins Nirgendwo. Zwanzig Meter vom Wachlokal entfernt erstreckte sich eine lange Reihe von aneinander gekoppelter Waggons mit Flugbenzin für den Fliegerhorst in Hopsten – vielleicht dreißig Waggons. Die galt es zu bewachen.

Widerwillig zogen sich die beiden von der Mitternachtsschicht jetzt ihre Parkas über, banden sich ihr Dreieckstuch vors Gesicht, zogen die gefütterten Handschuhe an, setzten die Stahlhelme auf und nahmen ihre G3 auf die Schulter. Raus in die kalte Schneenacht. Fast wäre der erste auf den vereisten Stahlstufen des Eisenbahnwagens ausgerutscht.

Totenstille. Im Sommer grasten hier immer Jungbullen auf der nahen Weide, aber um diese Jahreszeit sang nicht einmal mehr ein Vogel. Die Beiden trotteten langsam ausgetreten Wachpfad entlang und folgen den Spuren ihre Kameraden im Schnee, bis sie beim ersten Tankwagen angekommen waren. Beim zweiten Waggon schon machten sie Halt. Der eine setzte sich auf die erste Leitersprosse, die nach oben auf den Tank führte:

„Ich bleibe hier."

„Ich nicht. Ist mir zu kalt. Los, beweg Dich!"

Widerwillig erhob sich der Kamerad, und sie nahmen ihren Trott wieder auf ins Dunkle hinein bis zum Ende der langen Wagenreihe. Hier konnte man fast die Hand vor den Augen nicht sehen. Kein Mond, keine Sterne, nur graue Schneewolken am Himmel. Da würde noch etwas herunterfallen diese Nacht. Dann kehrten sie auf der anderen Seite der Wagenreihe um, und wieder um, und wieder um – solange, bis die zwei Stunden vorbei sein würden.

***

Und so drehten sie ihre Runden bis kurz vor 01:00 Uhr, als sie von der Ostenwalder Straße her aus der Ferne zwei Scheinwerfer aufblitzen sahen und kurz darauf das Motorengeräusch eines Jeeps, der herunterschaltete, wahrnahmen. Die Soldaten standen gerade etwa fünfzig Meter vom ersten Benzinwaggon entfernt. Als der Wagen in die Nähe ihres Wachbereichs kam, nahm der Fahrer das

Tempo weiter raus und bog schließlich auf den Schotterweg zum Wachwaggon ein, vor dem er anhielt. Die Beifahrertür öffnete sich, und heraus stieg ein einzelner Mann, den die Beiden wegen der Dunkelheit nicht erkennen konnten.

Der Mann knipste eine Taschenlampe an, die er anscheinend an einem Knopf seiner Jacke befestigt hatte und bewegt sich jetzt auf den Tankzug zu. Die Wachleute luden durch, aber entsicherten noch nicht. Als der Fremde zwanzig Schritt entfernt war, rief einer der Beiden:

„Halt stehen bleiben. Parole!"

Nach dreimaligem vergeblichen „Stehenbleiben" durften sie – mussten sie – schießen. Der Mann aber blieb stehen:

„Natodrei."

„Natoeins", antworteten das Paar wie aus einem Mund. Dann kam der Befehl:

„Achtung!"

Die Wachsoldaten nahmen Haltung an, der andere kam näher. Dann erkannten sie ihn beim

Widerschein der Taschenlampe in sein Gesicht: der beliebte Oberleutnant Käfer. Der auch noch. Hatte wohl nichts andere zu tun heute Nacht, als Kontrollfahrten zu machen, das Arschloch.

„Rührt Euch. Alles in Ordnung?"

Die Beiden nahmen lockere Haltung ein:

„Ja, Herr Oberleutnant. Keine Vorkommnisse."

„Gut. Weitermachen."

Und drehte sich um und marschierte in Richtung Wachlokal, wo er seinen Kontrollbesuch ins Wachbuch eintragen würde. Zehn Minuten später stieg er wieder in den Jeep und rollte davon. „Weitermachen" war gut. „Weitermachen" im Schnee, um 01:00 Uhr nachts.

Die beiden Wachsoldaten blickten sich trotzdem erleichtert an:

„Gut, dass wir doch rausgegangen sind. Jetzt ist aber Schluss. In dieser Nacht kommt keiner mehr."

Und hastig stiefelten sie auf das warme Wachlokal zu. Vor heute Morgen 06:00 Uhr würde keiner mehr in die Kälte gehen. Und dann würde es Kaffee geben – bei Opa. Der stinkende Ölofen wartete. Momentan gab es nichts Schöneres auf der Welt.

***

Gegen 03:30 Uhr schlichen zwei weitere Scheinwerfer die Ostenwalder Straße entlang. Im Schritttempo passierte das Auto die Zufahrt zum Wachbereich, wurde an der nachbarlichen Kneipe vorbei geleitet und rollte etwa einhundert Meter weiter zum Halt aus, nachdem es zunächst in einen Wiesenweg eingebogen war. Vier Personen befanden sich in dem Gefährt, darunter drei Männer, die sich schwarze Tücher vor ihre Gesichtshälften unterhalb der Augen umgebunden hatten. Sie stiegen aus und bewegten sich schnell zurück in Richtung

Wachlokal. Zwei von ihnen trugen Eisenstangen in ihren Händen.

Dort drinnen ging es jetzt ruhig zu nach den bisherigen Aufregungen der Nacht: Wachhabender, Stellvertreter und zwei Soldaten schliefen in seliger Zufriedenheit auf den Bänken im vorderen Bereich. Im hinteren Abteil schnarchten die anderen Vier des Kommandos auf ihren Pritschen, als mit einem lauten Knall die Vordertür aufgerissen wurde und die drei dunklen Gestalten hereinstürzten. Eine Taschenlampe blitze auf. Wachhabender und Stellvertreter rissen verwundert ihre Augen auf, die beiden Mannschaften drehten sich nur kurz um und schliefen weiter.

Ohne ein zu Wort zu verlieren, schlugen die Fremden mit ihren Eisenstangen auf die beiden erwachten Soldaten ein, die sofort an zu schreien fingen und den Rest der Mannschaft aus dem Schlaf rissen. Jetzt waren alle mehr oder weniger wach, aber keiner wusste, was er zu tun hatte – außer den drei Neuankömmlingen. Im Wachlokal herrschte vollkommenes Chaos. Noch schlaftrunken konnte niemand im flatternden Schein der Taschenlampe erkennen, wer auf wen einschlug. Bevor die Lage unter Kontrolle kommen konnte, stieß der mit der Taschenlampe unter seinem Tuch ein „OK. Wir haben alles" hervor, und die drei Fremden eilten wieder so schnell, wie sie gekommen waren, aus dem Wachwaggon ins unbestimmte Dunkel hinaus. Sie hinterließen zwei schwer verletzte Unterführer mit eingeschlagenen Schädeln und eine völlig konsternierte Wachmannschaft, die sich jetzt überlegen musste, weshalb niemand draußen gewesen war, um den Überfall mit scharfer Munition zu verhindern.

Mittlerweile erreichten die anderen drei Männer wieder ihr Fahrzeug. Einer riss den Kofferraum auf und warf einige Gegenstände hinein. Dann sprangen sie ins Auto, und die Frau am Lenkrad gab Gas, aus dem Wiesenweg hinaus und dann auf der Landstraße Richtung Ostenwalde weiter.

„Was haben wir?" fragte der größere Mann aus der Gruppe.

„Zwei G3 und eine P1."

„Munition?"

„Für die P1 zwei volle Magazine, bei den G3 nur, was drin ist. Schätze, jeweils drei Patronen."

„Scheiße! Die G3 können wir wegschmeißen. Da kommen wir nicht weit mit. Die Pistole behalten wir."

Das Jubiläum

Der große Kurfürst hatte einen Leihwagen in der Stadt besorgt, einen schwarzen Mercedes GLK. Sie waren jetzt mobil und unabhängig von Bus und Taxi. Gleich am ersten vollen Urlaubstag unternahmen sie ein Tour rund um Cuxhaven und grasten die umliegenden Dörfer ab: Arensch, Berensch, Otterndorf. In Otterndorf aßen sie zu Mittag in den Elbterrassen. Ludwig bezahlte wieder einmal alles. Von den Otterndorfern gäbe es ein Gerücht, dass sie früher, als noch die richtigen Leuchtzeichen am Strand aufgestellt worden waren, als Strandräuber ihr Vermögen gemacht hätten. Sie hätten bei Sturm havarierende Boote in die Falle gelockt und dann ausgeraubt. Ob das was dran war, wusste Ludwig Maas auch nicht, aber er konnte so schön davon erzählen beim Verdauungskaffee:

„Diese Gegend steckt voller Seeräuber und Gesindel", hob er die Tafel auf.

Anschließend ging es weiter über die A73 an Stade vorbei nach Hamburg. Das brauchte seine Zeit wegen der dauernden Geschwindigkeitsbeschränkungen auf 70 oder 80 kmh auf dieser Pendlerstrecke.

Aber der große Kurfürst und seine zwei anderen Seeräuber waren geduldig. Bei Bostelbeck nahmen sie die A7 über die Elbe und dann weiter die Abfahrt auf die A432 / A433 am Flughafen vorbei und über die A5 dann die Route, über die sie gekommen waren, wieder zurück. Susi war dann doch etwas pikiert über diese ganze Exkursion:

„Was willst Du denn an diesem Flughafen? Ich dachte, Du bringst uns vielleicht nach Hagenbecks Tierpark?"

„Ein anderes Mal vielleicht. Wollte Euch nur die große Welt zeigen, oder willst Du zur Reeperbahn?" lachte der Chef. „Apropos Flughafen: die kriegen hier nämlich in Kürze Start- und Landeprobleme."

„Weshalb das denn?"

„Springflut ist angesagt."

„Dann bersten die Deiche!" bemerkte Micky.

„Besonders, wenn man noch etwas nachhilft!"

Und der große Kurfürst schüttelte sich vor Lachen.

***

„Wisst Ihr, was übermorgen für ein großer Tag ist?" unterbrach der große Kurfürst nach einiger Zeit den Smalltalk, der nun schon ein Weilchen dahinplätscherte, und bei dem mittlerweile – es war bereits wieder Halbelf Uhr abends – eine halbe Flasche Glenmorangie draufgegangen war.

„Kann mir schon denken. Hast Du ja schon im Zug angedeutet", antwortete Micky. „Kunkemühle."

„Genau. Und ich hab mir gedacht: das müssen wir besonders feiern. Deshalb sind wir ja auch hier."

„Was? Noch mehr Saufen?"

„Nee, nee. Ich hab mir was anderes ausgedacht. Ihr seid doch noch fit für Euer Alter. Oder?"

„Fit wofür?"

„Für ne kleine Jubiläumsaktion."

Susanne Ohnweiler runzelte die Stirn. Sie war noch nüchtern genug, um zu ahnen, dass etwas Ungewöhnliches, etwas Dunkles, auf sie zukam. Etwas aus einem Schatten heraus. Aber sie hatte schon von Anfang an solche Ahnungen gehabt. Hier lief etwas ab. Etwas, das nur einer hier kontrollierte. Und sie saß mittendrin im Boot. Und niemand würde ihr sagen, wo das Leck war. Und wann es sinken würde. – Da niemand etwas sagte, fuhr der große Kurfürst weiter fort:

„Wisst Ihr: bei dem Wetter können Deiche brechen. Einfach so. Oder auch nicht. Oder nur, wenn man nachhilft. Irgendwie."

Er stand auf, verließ den Raum und kehrte nach kurzer Zeit mit einer ALDI Plastiktüte am langen Arm zurück. Nachdem er sich wieder gesetzt hatte, entnahm er der Tüte vorsichtig einen Gegenstand, der in ein gelbes, flauschiges Staubtuch eingewickelte war. Er legte das Bündel auf den Couchtisch zwischen halbvollen Whiskygläsern und leeren Bierfalschen und faltete das Tuch auseinander: Da lag sie vor ihnen – die alte P1. Fast noch wie neu mit nur wenigen Gebrauchsspuren an den Griffschalen.

„Kennt Ihr die noch?"

Susi hielt es nicht mehr aus:

„Was willst Du damit? Dass Du das Ding auch noch bis heute bewahrt hast! Warum hast Du die nicht weggeschmissen, du Idiot! Und red jetzt nicht mehr so um den heißen Brei herum. Was hast Du vor?"

„Was ich vorhabe?"

Ludwig Maas machte plötzlich ein berechnendes, scharfzügiges Gesicht. Jeder Spaß war jetzt aus seinen Zügen gewichen. Seine beiden Gesprächspartner kannten diesen unheilvollen Blick von früher. Jetzt an diesem späten Abend an der Nordseeküste, in dieser Nacht, als Sturmböen ums Haus heulten und Regen unaufhaltsam gegen die Fensterscheiben klatschte, kam wieder alles zurück – alles, was die beiden – jeder für sich – zu den Schatten der Vergangenheit gelegt hatten. Aber es ließ sich nicht abwaschen.

„Was hab ich wohl vor? Ich? So heißt die Frage nicht, Susi. Die Frage lautet: was haben wir vor? Wir drei."

Die beiden Angesprochenen blickten verdutzt vor sich hin. Susi auf den Teppichboden vor der Couch, auf der sie es sich bis gerade so bequem gemachte hatte, Micky auf die halbleere, halbvolle Whisky-Flasche.

„Machs nicht so spannend, Ludwig", brach schließlich Peter Klemm kleinlaut das Schweigen.

Der große Kurfürst grinste sein altes Grinsen. Immer, wenn er etwas eingefädelt hatte, hatte er so gegrinst, aber eigentlich nur, nachdem er alle auf seiner Seite gehabt hatte. Das war momentan aber wohl noch nicht der Fall:

„Ich werd Euch die Details nennen, wenn es soweit ist. Ich sage Euch: das wird ne große Sache. Dagegen waren alles, was einmal war, Nullnummern. Das kann ich Euch jetzt schon sagen."

Nach einer weiteren Denk- und Atempause nahm sich Susanne Ohnweiler schließlich noch einmal ein Herz:

„Das heißt …. Das heißt …. Du hast uns hierhin gelockt, um wieder ein Ding abzuziehen. Ich bin nicht dabei. Das sage ich jetzt. Was Micky macht, ist mir egal. Aber ohne mich. Ich packe gleich meine Koffer und bin morgenfrüh weg. Ich brauche Dein Rückfahrtticket nicht."

Der große Kurfürst starrte sie an wie ein Raubvogel seine Beute:

„Erstens: es geht nicht um irgendein Ding, was hier abgezogen werden soll. Es geht ums Bouquet, das große Finale beim Feuerwerk. Und zweitens: Du gehst nirgendwo hin. Du bleibst schön am Ball. Verstehst Du: Ich weiß genauso viel über Dich wie Du über mich. Letzteres könnte mich nervös machen. Sehr nervös sogar. Und Ersteres sollte Dich auch nachdenklich machen, wenn Du Deine Entscheidungen triffst. Wenn Du wieder unbescholten zu Deinen Viechern zurück kehren willst, dann füg Dich ins Team, sonst blas ich Deinen ganzen Cover weg, und Du kannst wieder von vorne anfangen – oder auch gar nicht mehr. Was meinst Du Micky?"

Micky zuckte mit den Schultern und atmete schwer. Susanne Ohnweiler erhob sich und verließ mit unsicheren Schritten den Ort des gemütlichen

Zusammenseins in Richtung ihres Schlafraumes, den man von innen nicht abschließen konnte.

***

An Schlafen war gar nicht zu denken. Sie hatte jetzt nur Angst. Angst um das, was noch kommen würde, Angst um ihre Existenz, Angst um ihr Leben. Dieser Mann war unberechenbar. Schlimmer noch: er schien ein verzweifelt agierender Lebensverlierer zu sein, der letztendlich seinen existentiellen Sinn tatsächlich an den jetzt doch nicht mehr verblichenen Fehlern der Jugendtage festgemacht hatte. Das war ihr klar. Aber damit stand dieser Mann allein.

Was Micky dachte, wusste sie nicht. Micky war schon immer ein labiler Taugenichts gewesen: unzuverlässig und seinem Herrn hörig wie ein kleiner Hund. Der tat, was man von ihm verlangte. Zumindest war das früher so gewesen. Aber nach dreißig Jahren? Wenn er froh war in seiner jetzigen

Existenz, warum sollten ihn die alten Kamellen noch interessieren? Er war immer schon phlegmatisch und denkfaul gewesen. Das Einzige, was ihn interessieren könnte, wäre, wenn Ludwig ihm Geld anbieten würde. Verdammt, sie hätte doch noch ein Weilchen aufbleiben sollen, um Mickys Einstellung zu der Sache zu kennen. Nun war es zu spät.

Sie seufzte verärgert auf und drehte sich auf die andere Seite. Hätte sie doch bloß dieses Scheißangebot ignoriert. Alles kochte wieder hoch. Irgendwie hatte sie sich auf den Bauch gepinkelt gefühlt, als die Einladung kam. Ja, sogar freudig hatte ihr Herz gehüpft. Mensch, dass es den noch gibt! Damit hatte sie niemals gerechnet. War all die Jahre froh gewesen, dass nie etwas aufgetaucht war, was andere Leute auf die Fährte ihrer Vergangenheit hätte bringen können. Und nun dieses Wiedersehen. Nichts Böses hatte sie geahnt, naiv wie sie war. Gealterte Kumpane, die die Geheimnisse früherer Gemeinsamkeiten bewahrt hatten und sie vielleicht jetzt noch einmal mit dem Abstand der Reife aus einem dennoch gewonnenen Leben in entspannter Atmosphäre austauschen möchten. Mehr nicht.

Aber doch mehr. Sie hatte sich getäuscht, war getäuscht worden. Sie musste hier raus. So schnell wie möglich. Mit oder ohne Micky. Bevor es richtig unangenehm werden würde. Wie weit würde Ludwig gehen mit seiner Drohung? Er würde sich doch selbst reinreißen. Aber der Typ war unberechenbar. Das zeigte schon die Idee zu dem Vorhaben selbst – nach all den Jahren. Was immer das für ein Vorhaben überhaupt sein würde. Ein wahnsinniges: da war sie sich sicher.

Sie versuchte wieder, zu schlafen. In ihrem Halbdusel jedoch vermischten sich die Bilder von vor fünfunddreißig Jahren: lodernde Flammen, und dann aus der Ferne schreiende Menschen. Sie konnten es zwei Tage später in der Münsterländischen Volkszeitung nachlesen: sechs junge Menschen waren auf der Strecke geblieben.

Sie hatte Angst. Nicht wie früher, wenn es los ging, bevor die Aktionen begannen. Das war immer nur Lampenfieber gewesen. Sie hatte Angst, dass sie alles verlieren würde. Dann bliebe nicht einmal mehr ein schwarzer Abgrund übrig. Es bliebe Nichts.

Check in

Dirk Blumhardt blätterte lustlos seine Zeitung durch. Die „Welt" berichtete von der Welt, wie sie halt immer war und immer sein würde. Große Inlandspolitik auf der Titelseite, Personalia über zwei Ministerinnen im unteren Teil, innen ein Kommentar zu Europa. Sport und Wirtschaftsnachrichten langweilten ihn, sodass er schließlich bei den Nachrichten aus aller Welt anlangte. Es gab vermisste Fischerboote bei diesem Sturm, ein früh verstorbener Filmschauspieler war unter mysteriösen Umständen ums Leben gekommen, und aus dem amerikanischen Landstuhl

Regional Medical Center südlich von Ramstein waren schon vor einige Wochen einige Behälter mit unbekanntem Inhalt entwendet worden, was aber erst jetzt bekannt (oder bekannt gegeben) wurde. Was sich in diesen Behältern befunden hatte, wusste man noch nicht. Die Amerikaner hielten sich bedeckt. Es gab Spekulationen, dass es sich dabei um aktive Anthrax-Sporen handeln könnte.

Die junge Frau neben ihm hatte ihre „Metropolitan" zugeklappt und in die Seitentasche ihrer Reisetasche geschoben. Sie sah wieder einmal auf ihre Armbanduhr, und Blumhardts Blick irrte auch wieder einmal auf die Anzeigetafel. Es gab keinen Hinweis auf etwaige Verspätung seines Fliegers, aber was ihn dennoch wunderte, war die Tatsche, dass überhaupt noch kein Kabinenpersonal aufgetaucht war, damit die Leute endlich einchecken konnten. Das Boarding sollte jetzt in zehn Minuten starten, aber nichts tat sich. Das war in der Tat ungewöhnlich.

Er streckte seine Beine lang und wandte sich unauffällig der jungen Frau neben sich zu. Sie mochte etwa dreißig Jahre alt sein und sah gut aus. Jedenfalls war das sein erster, flüchtiger Eindruck. Er versuchte sich in Konversation:

„Könnte eigentlich bald losgehen."

„Ja. Keine Ahnung. Kommt schon mal vor, dass es knapp wird bei Inlandflügen. Hatte ich schon ein oder zwei Mal in diesem Jahr."

„Naja. Eine Verspätung wurde ja bis jetzt noch nicht angezeigt."

„Ich glaube, bei fünf Minuten oder so lassen die das ohnehin bleiben."

Es war ruhig geworden am Gate-Eingang. Auch draußen liefen kaum noch Leute die Gänge entlang. Dirk Blumhardt faltete seine Zeitung wieder auseinander. Er wollte sich jetzt nicht nervös machen wegen der paar Minuten. Es würde heute noch Stress genug geben. Immer diese vorausahnende Hetze, wenn mal nicht alles wie am Schnürchen lief. Immer diese unsinnigen Fragen, die durch den zivilisationskranken Kopf trudelten: was ist, wenn dies oder jenes?

Und schon hatte er reflexartig sein Mobiletelefon in der Hand. Dann steckte er es wieder weg. Keine Verspätung angezeigt auf der Anzeigetafel. Kein Grund jetzt schon in Frankfurt anzurufen. Alls im Plan. Er war schon wieder bei Seite fünf. Genervt faltete er das Blatt wieder zusammen.

Die Insel

Der kleine Ort New Aberdour in Grampian in Schottland besteht eigentlich nur aus einer einzigen Straßenkreuzung, an der sich ein Lebensmittelgeschäft befindet, das gleichzeitig die Post bedient, einer Kirche mit einem neueren Friedhof und abseits einer verfallenen Kapelle aus ganz frühen Zeiten, um die sich uralte Gräber reihen mit eingemeißelten Totenschädeln und gekreuzten Knochen auf den Deckplatten. Zumindest war das noch der Zustand von New Aberdour vor der Entdeckung des Nordseeöls vor der schottischen Küste. Direkt neben der verfallenen Kapelle stand ein Denkmal geschütztes Hotel, das vormals als Pfarrhaus gedient hatte.

    An jenem regnerischen und windigen Abend saßen zwei Männer im Gastraum dieses Hotels vor einem knisternden Kaminfeuer in behaglichen Ohrensesseln, ein kleines Tischchen zwischen sich, auf dem eine angebrochene Flasche Glenmorangie und zwei halb gefüllte Gläser standen. Sie waren an diesem Abend die einzigen Menschen in diesem historischen Gebäude. Die Dunkelheit glotzte von draußen durch die Scheiben der Fenster, die bis an die Decke des Raumes reichten, herein. Über der Theke im rechten Winkle zum Kamin leuchtete schwach eine 30 Watt Lampe vor sich hin. Ansonsten spiegelte sich der Widerschein des Feuers in den geröteten Gesichtern der beiden Männer. Der eine – der Wirt – war von gedrungener Gestalt und erzählte. Der Andere – sein einziger Gast an diesem Abend – war eher lang und schlaksig und hörte zu:

„Mein Vater war Youngers Fahrer gewesen, und von dem habe ich die ganze Geschichte über Gruinard."

Der Erzähler machte eine Pause, und die beiden nippten schweigend an ihrem Whisky. Dann fuhr der Kleinere weiter fort:

„Dies ist eine der seltsamsten Geschichten aus der Entwicklung biologischer Waffen. Eine der absonderlichsten Geschichten überhaupt. Das ist Historie im wahrsten Sinne des Wortes. Sie spielt auf Gruinard Island an unserer Nordwestküste, eine zweidrittel Meile in den Atlantik hinaus. Diese Insel ist etwa ein-eindrittel Meilen lang und zweidrittel Meilen breit. Man findet diesen knapp hundert Yards hohen Felsen, auf dem außer Heide nichts wächst, in einer Bucht in der Nähe von Aultbca halbwegs zwischen Gairloch und Ullapool.

In zwanzig Minuten bist Du von der Küste mit dem Motorboot da. Du wirst nichts als schreiende Möwen dort antreffen; sonst ist es still da draußen. Ganz früher haben da mal einige Familien gelebt, aber nichts als eine einsame, verfallene Hütte ist davon übrig geblieben.

„War das ganz vorher oder dann danach?" wollte der Gast wissen.

„Noch ganz vorher. Aber dann danach war die Insel noch verlassener, wenn man das so sagen darf. Wenn es noch mehr Verlassenheit überhaupt gibt. Grund dafür waren eben jene Versuchsreihen während des Krieges, von denen immer noch recht wenig bekannt ist. Danach durfte und konnte dort niemand leben. Und vorher schon war auch Aultbea Sperrgebiet gewesen. Die Einwohner hatten Erlaubnisscheine, rein und raus zu fahren, aber nur die – und natürlich das Militär und die Spezialisten. Und im Sommer 1942 ging es dann los. Neue, andere Truppen tauchten auf und errichteten einen Lagerplatz mit Baracken und Versorgungseinrichtungen. Insgesamt etwa drei Dutzend Leute, davon ein Drittel Zivilisten, sonst alles Soldaten unter Hauptmann Dalby. Was die

Leute sahen, waren Kisten mit Instrumenten und geheimnisvolle Gasflaschen.

Einer von den Koryphäen war Dr. David Henderson, Bakteriologe aus dem Lister-Institut, dann Donald Woods aus der Abteilung für bakterielle Chemie des Middlesex-Krankenhauses in London und Graham Sutton, Projektleiter in Porton Down. Der Boss vom Ganzen war der Bakteriologe Dr. Paul Fildes, Herausgeber von Fachzeitschriften und Mitglied der Royal Academy. Die kannte aber keiner mit Namen damals, aber ich habe ja meine Quellen.

Alles war natürlich streng geheim, ging es doch darum, Tests zu unternehmen, die zu einer biologischen Bombe führen sollten. Ferngesteuert wurde alles von Lord Hankey aus Churchills Kriegskabinett."

Die beiden Männer nutzten die Pause im Erzählfluss, um wieder an ihren Gläsern zu nippen. Der Kleinere legte einige Scheite nach, und als die

Flammen wieder aufflackerten, fuhr er fort in seinem Garn:

„Die Vorgehensweise war die folgende: man kaufte den Bauern einige Dutzend Schafe ab und brachte sie dann per Boot auf die Insel.

Die erste primitive Waffe war eine ehemalige Senfgasgranathülse, die mit Hilfe des militärischen Sprengstoffexperten Major Allan Younger mit einer braunen, schleimigen Flüssigkeit gefüllt wurde. In dieser Flüssigkeit waren Anthrax-Sporen konzentriert. Diese Waffe wurde dann mitsamt den zivilen Wissenschaftlern, die nunmehr Schutzkleidung trugen, ebenfalls nach Gruinard gebracht. Die Vorrichtung wurde auf eine kleine Anhöhe deponiert, in deren Nähe die Schafe grasten. Die Forscher zogen sich auf eine windgeschützte Position zurück. Dann ließen sie das Ding explodieren."

„Und – gingen die Schafe ein?"

„Also: Anthrax war schon lange ein aussichtsreicher Kandidat für eine Bio-Bombe gewesen. Schon 1925 schwärmte Churchill in einem Papier von den verheerenden Möglichkeiten, die sich böten, wenn man Vieh und Menschen mit diesem Agens vernichten und Landstriche verseuchen wollte.

Anthrax ist ansteckend und tödlich und kommt auch in der Natur vor. Bei Berührung mit infiziertem Gewebe bilden sich Geschwüre, die zu einer Blutvergiftung führen. Atmet man das Zeug ein, wird die Lunge betroffen, und nach hohem Fieber stirbt der Betroffene kurz darauf – unweigerlich. Da gibt es kein Vertun!

Waffentechnisch gesehen besitzt Anthrax eine Reihe von Vorzügen: die Bazillen sind äußerst robust. Bei Zimmertemperatur entwickeln sie Sporen, die jahrelang überleben können, aber nichts von ihrer Wirksamkeit einbüssen. Auf diese Weise hatte man in Porton eine Massenproduktion aufgesetzt und eine Technologie entwickelt, wie man damit umgehen konnte. Das Ergebnis hatte man dann nach Gruinard gebracht."

„Und was passierte weiter?"

„Die Bombe ging los und schleuderte Milliarden von Sporen über die unschuldigen Schafe aus – eine unsichtbare Wolke, die sich langsam auf das Gelände und das Meer darum absenkte. Dann war es still. Die Männer gingen zum Strand, zogen ihre kontaminierte Kleidung aus und verbrannten sie. Dann ging es zurück ans Festland ins Lager.

Die ersten Schafe verendeten am nächsten Tag. Schließlich waren alle tot. Der Beweis der Waffentauglichkeit war erbracht."

„War´s das in Gruinard?"

„Bei Weitem nicht! Bis in den Sommer 1943 wurden weitere Bomben getestet. Das ganze gipfelte darin, dass ein tief fliegender Wellington-Bomber eine Bombe auf der Insel abwarf. Die geopferten Schafe schmiss man einfach über eine Klippe. Anschließend sprengte man den Hügel und begrub so die Kadaver unter dem Geröll."

Der Wirt unterbrach jetzt seine Erzählung und schob Holz nach. Sein Gast nutzte die

Gelegenheit, erhob sich aus seinem Ohrensessel und reckte sich:

„Ich brauch mal frische Luft."

„Gehen Sie nur. Aber die Story ist noch nicht zu Ende."

Der Gast ging auf den Korridor hinaus, schloss die Tür zum Gastraum hinter sich und wagte sich durch die Eingangstür des Hotels, deren bunte Scheiben durch Schmiedeeiserne Gitter gesichert waren, in den regnerischen schottischen Nachtwind hinaus. Vor ihm lag der Gemüsegarten. Er bog nach links auf die schmale Strasse zum Strand, bis er vor der Frontseite der alten Kapelle zu stehen kam. Das Gemäuer glänzte schwarz im Nachtregen. Außer dessen Rauschen war nicht zu hören. Der Mann blinzelte über die erste Grabreihe hinüber, wandte sich dann zurück und kam schließlich einigermaßen durchnässt wieder in der Wärme der Schankstube an. Ohne ein Wort setzte er sich, so wie er war, wieder an seinen alten Platz und nahm einen guten

Schluck Glenmorangie zu sich. Der Erzähler fuhr fort:

„Als das Jahr zu Ende ging, wurden die verbliebenen Behälter mit den Sporen für den Winter von Aultbea ins tausend Kilometer entfernte Porton gebracht. Younger sollte das erledigen. Sein Fahrer war mein Vater. Daher kenne ich ja die Story. Sie hatten einen einfachen Lieferwagen und die Anweisung, nur auf Nebenstraßen zu fahren – möglichst ohne Zwischenstopp. Aber als sie Leeds erreichten, stellten sie den Wagen mit dem Zeug vor einer Polizeiwache ab und baten den Hauptwachtmeister dort, den Wagen zu bewachen, während die beiden in die nächste Kneipe gingen.

Stellen Sie sich das vor: mitten in einer englischen Großstadt während des Bombenkrieges mit Deutschland befand sich eine biologische Bombe mit potentiell katastrophaler Wirkung auf der Ladefläche eines Lieferwagens an irgendeinem Straßenrand!"

„Unvorstellbar."

„Es folgte Youngers letzter Aufenthalt auf Gruinard. Ein totes Schaf war von dort an die Festlandküste geschwemmt worden mit der Folge, dass Milzbrand auf dem Festland ausbrach. Jetzt ging es um Schadensersatzverhandlungen in Aultbea.

Younger und sein Kollege Fildes flogen von London ein, um das Problem praktisch zu bekämpfen: sie setzten die meterhohe Heide auf der Insel in Brand. Eine Feuerwalze jagte über Gruinard und erzeugte dabei eine riesige schwarze Wolke voller Anthrax-Bakterien, die aufs offene Meer hinaus trieb. Doch dieser Dekontaminationsversuch brachte nicht das gewünschte Resultat. Die Insel wurde schließlich zum Sperrgebiet erklärt. Es wurden Warntafeln aufgestellt mit dem Hinweis: Staatliches Versuchsgelände – Bodenverseuchung durch Milzbrand. Gefahr. Anlegen verboten!"

„Und wie ist das heute?"

„Also, zunächst gab es eine Art Monitoring. Wissenschaftler betraten in regelmäßigen Abständen mit Schutzkleidung die Insel, aber es kam keine Besserung in Sicht. Man musste davon ausgehen, dass Gruinard für alle Zeiten verseucht bleiben würde. Es gab Pläne, die oberste Erdschicht abzutragen, aber irgendwann erholte sich die Heide doch wieder, und Kaninchen tummelten sich dort. Und schließlich: 1986 begann man ernsthaft mit der Dekontaminierung. Die Vegetation wurde mit Herbiziden vernichtet, Chemikalien wurden in den Boden eingebracht. Hartnäckige Stellen wurden nachgearbeitet, und vier Jahre später wurde Gruinard für sauber erklärt, obwohl es auch Stimmen gab, die die vollständige Vernichtung des Anthrax-Erregers bezweifelten. – So, das war die Geschichte."

In Ruhe gaben sich die beiden Männer ihrem Whisky hin, keiner sagte mehr etwas, das Feuer brannte herunter. Dann erhob sich der Gast:

„Danke für den unterhaltsamen Abend. Ich habe viel gelernt. Und danke für den Scotch. Ich werde jetzt schlafen gehen und wahrscheinlich von Gruinard träumen. Gute Nacht."

„Gute Nacht. Schlafen Sie wohl. Bis morgenfrüh."

Der Verdacht

Dem Ex-Kriminalbeamten Thomas Mohrmann schmeckten seine Brötchen an diesem ersten Ferienmorgen gar nicht so recht. Es gab keinen Zweifel. Der Mann, der im Haus neben ihm mit zwei weiteren Personen Urlaub machte, war ein alter Bekannter aus längst vergangener Dienstzeit. Und nicht nur irgendein alter Bekannter. Jemand, den er mit einer persönlichen Niederlage in Verbindung brachte. Eine Niederlage, die ihm noch heute sauer aufstieß, und bei diesem Frühstück jetzt auch wieder. Die Erinnerung hatte so tief gesessen und stieg jetzt so steil wieder vor ihm auf, dass er den zugehörigen Namen sofort parat hatte.

Mohrmann hatte unzählige Verhöre geführt, und die meisten Namen der Verdächtigen oder Überführten hatte er ad Akta gelegt, so wie er den Großteil seiner persönlichen Aufzeichnungen auch in die Tonne gehauen hatte, als er ins selige Land des Ruhestandes hinüber geglitten war. Aber dieser Name war wie eingebrannt in seinem Gedächtnis verblieben. Als Symbol von Versagen und Niederlage: Ludwig Maas.

Der hatte hier noch zwei weitere Leute bei sich. Mohrmann hatte sie nur flüchtig gesehen. Die hatten bis jetzt keine weiteren Reflexe bei ihm wachgerufen. Konnte ja noch kommen. Die müsste er auch noch genauer in Augenschein nehmen.

Der pensionierte Kommissar biss lustlos in seine verbliebene Brötchenhälfte und spülte mit reichlich Kaffee nach. Was hatte Maas hier vor? Der war doch sicher nicht zur Erholung in Cuxhaven. Oder doch? Vielleicht war alles falscher Alarm.

Vielleicht war der ja auch auf dem Altenteil und suchte nur noch seine Ruhe – so wie er selbst: zwei alte Gegner mit identischem Ziel: die müden Beine unter irgendeinen Tisch legen und den lieben Gott einen guten Mann sein lassen.

***

Wie lange mochte das Ganze her sein? Dreißig Jahre oder mehr? Keine Ahnung. Es war in der Kreisstadt Burgsteinfurt gewesen – weltberühmt durch ihre Parkanlagen des Bagno. Aber die Geschichte hatte nichts mit dem kleinen Badehäuschen zu tun, aus dem dieser Park ganz früher mal entstanden war, sondern mit einer zusammengeschweißten Vorrichtung aus drei U-Stahl-Trägern von je eineinhalb Metern Länge – zusammengefügt wie ein überdimensionaler spanischer Reiter. Den konnte man damals im Schaufenster eines leerstehenden Geschäftshauses in der Innenstadt besichtigen. Davor war eine Notiz angebracht gewesen:

„Zeugen gesucht.
Dieses Werkstück wurde auf den Schienen der Strecke Burgsteinfurt-Borghorst gefunden. Absicht war es, dadurch einen Zug entgleisen zu lassen. Durch die Umsicht von Streckenarbeitern konnte ein schweres Unglück verhindert werden.
Wer Aussagen zu dem Teil machen kann, melde sich bitte bei der Polizeihauptwache in Burgsteinfurt."

Und sie waren tatsächlich fündig geworden. Die Täter hatten die Stahlträger bei einer Eisenhandlung gestohlen, waren bei einem metallverarbeitenden Betrieb eingebrochen und hatten Schneidbrenner und Schweißgerät entwendet. Diese Spur, die von Rheine über Emsdetten nach Burgsteinfurt führte, konnte verfolgt werden. Der Zusammenbau des Hindernisses erfolgte nachts in einer leerstehenden Scheune an der Landstraße zwischen Burgsteinfurt und Mesum. Transportiert wurde das schwere Teil auf der Ladefläche eines ebenfalls gestohlenen Kleinlastwagens.

Die ganze Aktion war also aufwendig gewesen und konnte nicht verborgen bleiben. Der Hof des Bauern, dem das Feld auf dem die Scheune stand, gehörte, lag etwa einen halben Kilometer weiter auf der anderen Seite der Landstraße. Als der Sohn eines Nachts spät von einer Feier aus Wettringen zurück kam, bemerkte er Licht in der Scheune auf dem Feld drüben, aber er entschied sich trotzdem, schlafen zu gehen und alles Weitere auf den nächsten Tag zu verschieben. Die Feier hatte ihn ganz schön mitgenommen. Am Morgen danach fand man dann den Schneidbrenner und das Schweißgerät. Der Bauer lagerte die Geräte anschließend bei sich in einem Schuppen ein. Vielleicht konnte man die ja einmal gebrauchen, wenn ein Traktor oder ein Anhänger zu reparieren wäre.

Erst, nachdem das Hindernis auf den Schienen gefunden worden war, ohne dass ein Unglück geschehen war, und die Zeitungen darüber berichtet hatten, hatte der Bauer sich bei der Polizei gemeldet. Er erinnerte sich dann auch noch daran, dass er mehrfach auf dem Zufahrtsweg zu seiner Scheune einen VW Golf hatte stehen sehen. Damals hatte er gemeint, das wären Wanderer gewesen, die hier ihr Auto abgestellt hätten. Er gab eine ziemlich genaue Beschreibung des Fahrzeugs ab, sodass Mohrmann und seine Leute in etwa das Baujahr ermitteln konnten. Ein solcher Wagen war vor einiger Zeit in Rheine als gestohlen gemeldet worden – von einem Mann, dessen Sohn damals gleichzeitig untergetaucht war. Der Sohn hieß Ludwig Maas.

Man brachte ein Fahndungsplakat heraus und verteilte es an Tankstellen und den kleinen Bahnhöfen in der Umgebung. Eine Woche später kam der entscheidende Hinweis aus Münster, wo Maas in einer Studenten-WG temporär Unterschlupf gefunden hatte. Ein Mitbewohner hatte so ein Plakat gesehen. Maas wurde festgenommen.

Noch bevor Mohrmann das erste Verhör mit ihm beendet hatte, wurde der Kommissar herausgerufen. Für Burgsteinfurt war die Sache ab jetzt erledigt. Vielen Dank für die geleistete Arbeit. Ab da übernahmen andere: das BKA.

Vier Wochen später war Maas wieder auf freien Fuß: Mangel an Beweisen.

Flugausfälle

Eigentlich war es jetzt boarding time, aber weiterhin rührte sich nichts. Blumhardt hatte seine Tageszeitung mittlerweile in den nächsten Papierkorb gesteckt, kam zurück zu seinem Platz und stöhnte leicht auf, als er in die Runde schaute. Die Frau neben ihm runzelte sehr ernsthaft die Stirn und starrte unverwandt auf den entfernten Monitor:

„Was ist hier los?"

„Keine Ahnung."

Die Leute begannen, mit den Hufen zu scharren. Die etwa fünfzig Passagiere in diesem Bereich zeigten unterschiedliche Zeichen der

Ungeduld. Blumhardt schätze davon etwa fünfundvierzig Leute auf Geschäftsreisen, ein älteres Ehepaar war wohl privat unterwegs, und zwei Rucksacktouristen räkelten sich auch noch herum. Von den Business-Leuten sah etwa ein halbes Dutzend so aus, als kämen sie aus Nahost oder aus dem Balkan. Er hatte auch einige Leute Englisch und eine ältere Frau Italienisch reden gehört. Alle hatten ein gemeinsames unmittelbares Ziel: Frankfurt am Main.

Die Boarding-Anzeige mit der Flugdestination Frankfurt über dem Ausgang erlosch gerade in dem Augenblick, als Dirk Blumhardt sie wohl zum zweiundfünfzigsten Male fixiert hatte, gleichzeitig knackte etwas im Lautsprechersystem, und eine monotone Frauenstimme machte eine Durchsage:

„Meine Damen und Herren. Aufgrund der aktuellen Wetterverhältnisse und technischer Störungen kommt es zu Verzögerungen bei der Abfertigung einiger Flüge. Wir bitten Sie um etwas

Geduld. Sobald die Probleme behoben sind, werden wir Sie weiter informieren. Wir bitten um Ihr Verständnis. Vielen Dank."

Das Gleiche noch einmal auf Englisch und dann auf Französisch.

Ungeduldiges Gemurmel, gespickt mit einigen mehr oder weniger lautstarken Flüchen, wurde hörbar, allgemeines Aufstehen folgte als Nächstes, dann nervöses Umhergehen als Folgereaktionen. Auch Blumhardt schlenderte zu dem Monitor am Gate-Eingang, der den ganzen Flugplan für den Tag anzeigte. Er bemerkte das Flackern der Anzeige schon, als er noch drei Meter entfernt war. Die angezeigten Flüge erhielten alle ein Update:

„Delayed"

Jetzt am Ende jeder Zeile. Und da und dort bereits noch aktueller:

„Cancelled"

Er drehte sich um und ging zurück zu seinem Handgepäck. Seine Nachbarfrau war jetzt auch aufgestanden:

„Was gibt´s denn?"

„Es gibt ein Problem."

„Mit unserem Flug?"

„Nein. Nicht nur. Es gibt ein Problem mit dem Flughafen."

Inzwischen braute sich etwas zusammen. Die Leute wollten wissen, was Sache war. So ließ man nicht mit sich umspringen. Geduld und Verständnis waren eine Sache, Ungewissheit eine andere. Ein langer Kerl, in Begleitung einer pummeligen Frau, die mindestens drei Köpfe kleiner war als er, beide um die vierzig Jahre alt, hatte sich erhoben und manifestierte seinen Unmut lautstark in die Runde zu jedem, der es hören wollte oder auch nicht. Weshalb niemand vom Personal gekommen wäre, um die Passagiere in diesem Gate zu informieren, was das für eine Schweinerei wäre, sich auf stumme Anzeigentafeln verlassen zu müssen, wann es denn endlich weitergehen sollte und so weiter und so fort. Aus dem Antwortgemurmel der übrigen Menschen in diesem Glaskasten konnte man überwiegend Zustimmung zu dieser Kritik entnehmen. Andere schüttelten einfach den Kopf. Ihn zu verlieren würde nichts bringen. Erfahrene Reisende sollten mit solchen Situationen umgehen können. – Am Eingang bildete sich eine Traube von Menschen, die ihre Gesichter gegen das Glas pressten, um draußen etwas auszumachen, das Antworten auf ihre Lage geben würde.

Inzwischen hatte Blumhardt wieder vor seinem Monitor gestanden. Auch der Frankfurt-Flug war jetzt mit dem Hinweis *„Cancelled"* versehen worden.

„Soll ich uns einen Kaffee holen?" fragte seine neue Begleiterin.

„Danke, ja. Das wäre sehr nett."

Er lächelte. Um freundlich zu sein, um sich Mut zu machen, weil die Frau sich um ihn kümmerte.

Sie kam zurück:

„Kaffee ist alle", und reichte ihm die Hand. „Ich heiße Gabi Förster."

„Dirk Blumhardt."

Sie schauten sich um. Aus diesem Gate würden sie so schnell nicht wieder heraus kommen.

Die Ablehnung

Susanne Ohnweiler machte zwar die Augen zu, aber der Schlaf wollte dennoch nicht kommen. Hin und her und her und hin. Sie wälzte sich unter dem dünnen Oberbett. Obwohl die Nacht schon kühl war um diese Jahreszeit, stand ihr der Schweiß auf der Stirn und lief ihr zwischen den Brüsten hinunter. Angstschweiß. Gegen 03:00 Uhr hielt sie es nicht mehr aus. Außerdem musste sie auch zur Toilette.

Sie trat auf den schmalen Hausflur hinaus. Genau gegenüber ihrer Zimmertüre ging es in den Keller. Ohne lange zu überlegen, wollte sie leise die wenigen Betonstufen hinab nach unten steigen.

Dann hielt sie aber inne. Die Kellertür vor ihr war nur angelehnt. Und unten brannte Licht. Vorsichtig schob sie die Tür auf und stieg langsam Stufe für Stufe hinab.

Der Keller war zweigeteilt. Rechts ging eine graue Stahltüre ab in den Heizungsraum. Zumindest vermutet sie das. An der Wand gegenüber unter einem vergitterten Fenster stand ein großer Tisch. Und auf diesem Tisch entdeckte sie fünf dunkelgrüne zylindrische Behälter, etwa zwanzig Zentimeter hoch mit einem Durchmesser von rund fünfzehn Zentimeter, und daneben lag einiges Werkzeug herum, unter den Tisch waren zwei Kartons geschoben. Sie trat an den Tisch heran und wollte einen der Behälter greifen.

„Finger weg!"

Hinter ihr stand der große Kurfürst und blies ihr seinen heißen Atem in den Nacken. Sie hatte die Kellertür oben ins Schloss fallen gehört. Langsam drehte sie sich um.

„Nicht so neugierig! Was schnüffelst Du hier herum?"

„Ich konnte nicht schlafen nach heute Abend. Ich war total aufgeregt. Und außerdem: der Keller ist doch für alle da. Ich habe nach einer Plastiktüte gesucht für meine Sachen …. Wenn ich wegfahre…."

„Wenn Du wegfährst? Das ich nicht lachte. Ersten: ich habe diese Bude hier gemietet: ich! Und dazu gehört auch der Keller, in dem Du gefälligst nichts zu suchen hast. Und falls Du es schon vergessen haben solltest: mit Wegfahren ist nicht. Hast Du schon vergessen, was ich Dir vor ein par Stunden erklärt habe? – Du bist dabei. Fertig und Ende aus."

Sie wollte an ihm vorbei nach oben, aber er griff ihren Oberarm und hielt sie stramm fest:

„Wenn ich Dich heute Morgen nicht beim gemeinsamen Frühstück sehe, mach ich Dich fertig."

Sie riss sich los, drängte sich an ihm vorbei und stürmte die Treppe hoch bis in ihr Zimmer. Sie schlug die Tür zu und warf sich verzweifelt auf ihr durchwühltes Bett.

***

Nachdem Susi so eine Zeit, die sie für eine gute Stunde hielt, zwischen Wachen, Träumen und gelegentlichem Schlafabtauchen verbracht hatte, klopfte es vorsichtig zweimal an ihrer Zimmertür. Sie setzte sich auf. Da war es wieder, das Klopfen, dieses Mal etwas lauter und schneller, dreimal. Sie sprang aus dem Bett und legt ihr Ohr an die Tür. Mit verhaltener Stimme fragte sie:

„Wer ist da?"

„Ich bin´s, Micky, lass mich kurz rein."

Sie zögerte nicht lange. Schlimmer konnte es ohnehin nicht werden. Peter Klemm huschte durch den Türspalt.

„Ganz leise."

Sie setzte sich aufs Bett, Micky auf einen Stuhl am Fenster. Das Licht ließen sie aus:

„Was gibt´s, Peter?"

„Ich wollte sowieso mit Dir über Ludwig reden, aber dann habe ich Euch im Keller gehört. Was war los?"

Sie erzählte ihm, was vorgefallen war, obwohl sie ihrem Gegenüber auch nicht traute. Sie war nie aus ihm schlau geworden, auch früher schon nicht. Warum er immer dabei geblieben war und sich nicht abgesetzt hatte. Er war überhaupt nicht der Typ für solche Sachen gewesen. Aber vielleicht hatte der große Kurfürst ihn ja jetzt geschickt, um sie auszuhorchen. Wer weiß? Was vorgefallen war, war Ludwig ja ohnehin bekannt, aber was ihre Pläne waren, damit hielt sie hinter dem Berg. Das war ohnehin nicht schwierig. Sie kannte sie ja selbst noch nicht genau.

„Was war in den Behältern?" wollte Micky wissen.

„Keine Ahnung. Die waren so dunkelgrün, nicht besonders groß, vielleicht zwanzig oder dreißig Zentimeter hoch. Mehr hab ich nicht gesehen."

„Sprengstoff?"

„Sah eigentlich nicht danach aus. Aber irgendwas Chemischen war es sicher."

„OK. Er hat was vor. Und er braucht uns anscheinend. Ich hatte zuerst angenommen, das hätte etwas mit der Springflut zu tun. Ich dachte, vielleicht will der einen Deich sprengen oder so, aber das könnte er ja auch alleine."

„Sicher, aber vielleicht hat er angenommen, wir würden aus Spaß an der Sache noch einmal mitmachen. Und jetzt ist er sauer."

„Vielleicht. Also, Susi, Du bist draußen, hast Du gesagt?"

„Auf jeden Fall. Und ich lass mich nicht erpressen. Das Eine ist so schlimm wie das Andere. Wenn er auspackt, bin ich dran. Und wenn ich mitmache und die Sache geht schief, bin ich ebenfalls dran. Ich mach nicht mit."

Peter Klemm schwieg. Im Dunkeln blickte er zur Tür, als ob dort eine Erscheinung stehen würde. Dann räusperte er sich, beugte sich vor, und sprach so leise, dass Susanne Schwierigkeiten hatte, ihn zu verstehen. Vielleicht war das aber auch schon das Alter:

„Susi, ich bin auch nicht dabei, aber wir sollten nicht so einfach abhauen. Wir haben viel Scheiß gebaut, aber vielleicht können wir einmal in unserem beschissenen Leben etwas wieder gut machen. – Wir sollten ihn an der Sache hindern. Was immer es sein mag."

***

Am nächsten Morgen versammelten sich drei unausgeschlafene angehende Frührentner um einen spärlich gedeckten Frühstückstisch, auf dem das einzig Frische aus drei Brötchen und einer Kanne Kaffee bestand. Die Brötchen hatte Micky besorgt, der große Kurfürst hatte sich dieses Mal geweigert. Während sie gleichzeitig die Brötchenhälften butterten, legte er los:

„Susi hat geschnüffelt. Gestern Nacht. Ich hab sie im Keller erwischt. Sie will ja kneifen. Oder hast Du Dir´s mittlerweile anders überlegt?"

Susanne Ohnweiler schwieg. Peter Klemm ergriff das Wort:

„Hör mal Ludwig. Dass Du was vorhast, wissen wir ja zur Genüge. Aber bevor da jemand von uns beiden mit einsteigt, solltest Du uns sagen, um was es geht. Das ist doch wohl fair oder?"

„Schon gut. Schon gut. Ihr werdet das alles noch erfahren, aber vorher brauch ich Euer Wort."

„Unser Wort wofür?"

„Dass Ihr dabei seid. Verstanden?"

„Das kannst Du doch nicht verlangen. Keiner weiß, was Du vorhast, aber Du willst unsere blinde Zusage. Einen Persilschein. Das kann doch wohl nicht wahr sein. Warum machst Dein Ding eigentlich nicht alleine?"

„Alleine geht nicht. Logistisch gesehen. Und das andere: ich hab kein Vertrauen ohne Euer Wort vorab. Nachher geht eine hier raus und plaudert."

Bei der letzten Bemerkung blickte er Susanne Ohnweiler an. Die sagte nichts und kaute lustlos auf ihrem Brötchen herum. Der große Kurfürst fuhr fort:

„Wenn Du das vorhast", er wandte sich jetzt direkt an seine ehemalige Kumpanin, „dann hast Du es nicht sehr weit. Nebenan wohnt nämlich ein Bulle."

Allgemeines Stirnrunzeln. Fragende Blicke. Schließlich fasste sich Ohnweiler ein Herz. Sie war ja auch angesprochen worden:

„Woher weißt Du das?"

„Weil ich ihn kenne. Hatte mal mit ihm zu tun. Früher. Erinnert Ihr Euch noch an Borghorst?"

Allgemeines Nicken. Dann erläuterte Ludwig ihnen kurz den Fall und der Begegnung gestern nach dem Brötchenholen.

„Hat der Dich erkannt?"

„Kann schon sein."

„Dann sollten wir so schnell wie möglich hier weg, statt noch ein Ding zu planen. Wir packen ein", rief Peter Klemm.

„Ich würde noch lauter schreien, Du Volltrottel. Nichts dergleichen. Wir bleiben hier und ziehen das Ding durch. Basta."

Allgemeines Kopfschütteln und Schulterzucken.

„Also, Susi, was ist?" fragte Ludwig Maas.

„Ich bleib noch ein Bisschen dabei. Mal sehen, wie es weiter geht. Was ist das für Zeug im Keller. Das ist kein Sprengstoff, nicht wahr?"

„Nein. Kein Sprengstoff. Was anderes. Mindesten genauso gut."

„Ja, was denn?"

„Das wollen wir verteilen. Und dafür brauche ich Euch."

„Wo findet die Aktion statt?"

„Wird kurz vorher mitgeteilt."

Draußen heulte der Sturm die ganze chromatische Tonleiter auf und ab. Gegenstände flogen auf der Terrasse polternde durch die Gegend. Sie blickten durchs Wohnzimmerfenster in den Garten. Auf der Terrasse des Nachbarhauses stand ein einsamer Mann unter dem Vordach und trotzte dem Sturm. Sie konnten sein Gesicht nicht sehen. Er hatte die Kapuze seinen Parkas über seine Baseballkappe gezogen und drehte ihnen den Rücken zu.

Auf dem Weg zum Bruch

Ohnweiler und Klemm hatten ein Problem: sie konnten sich nicht konkret abstimmen. Sie waren niemals unter sich. Der große Kurfürst war immer in ihrer der Nähe. Er hatte erkannt, dass seine ehemaligen Gefolgsleute nicht mitziehen wollten. Anscheinend war er aber wohl auf deren Hilfe angewiesen. So musste zumindest sein Plan, den bisher nur er allein kannte, aussehen. Auch nachts waren die Beiden nicht mehr sicher. Sie mussten damit rechnen, dass Ludwig Maas jeden Ansatz einer Konspiration aufspüren würde. Also: was tun?

Der sonst so einfältige Klemm ergriff mit einem Mal mutig die Initiative. Gegen Mittag desselben Tages, als sich alle gelangweilt vor dem Fernseher räkelten – an harmlosen Urlaubsfreuden war jetzt nicht mehr zu denken –, und draußen der Sturm den Weltuntergang vorbereitete, wandte er sich kurz und knapp an Maas:

„Ludwig, Susi und ich haben etwas unter vier Augen zu besprechen. Es geht um diese ganze Angelegenheit hier. Das können wir nicht in Deiner Gegenwart. Das verstehst Du sicherlich, oder? Wir gehen in mein Zimmer und lassen Dich eine Weile allein. OK?"

„Macht, was Ihr wollt, nur keine Sperenzchen. Und haut nicht durch das Klofenster ab. Ich finde Euch – egal, wo."

Er lachte. Sein immer so entwaffnendes Lachen.

Die andern Beiden erhoben sich, und Ohnweiler folgte Micky in sein Schlafgemach. Sie unterhielten sich so leise, dass draußen vor der

Zimmertür niemand etwas verstehen konnte – es sei denn, die ganze Wohnung wäre verwanzt gewesen. Micky setzte sich aufs Bett und schüttelte den Kopf:

„Wir wissen nichts. Gar nichts. Und sollen ihm zu Diensten sein. Der spinnt doch. Warum legt er seine Pläne nicht offen? Was hat er vor? Und egal, was er vorhat, er muss doch damit rechnen, dass wir seinen Wahnsinn nicht mitmachen. Das ist doch alles längst vorbei, verdammt!"

„Er legt seine Pläne nicht offen, weil er weiß, dass wir dann erst recht nicht mitmachen würden. Also muss es etwas wirklich Großes sein. Wie er ja schon sagte: das Bouquet zum Abschluss. Wahrscheinlich so abstrus, dass jeder halbwegs normale Mensch sowieso sofort aussteigen würde."

„Gut. Und was machen wir jetzt? Gehen wir nachhause? Er kann uns nichts anhaben. Er würde sich nur selber schaden."

„Mag sein, aber wenn er bis zum Abgrund gehen will? Wenn ihm das alles scheißegal ist? Und vielleicht hat er selbst ja eine Ausstiegsoption, wenn er uns vor den Kadi bringen sollte, dieser Erpresser."

„Kann sein. Nur, was hat er denn davon?"

„Keine Ahnung. Ich bin aus seinem kranken Gehirn noch nie schlau geworden. Und außerdem wollen wir das hier ja nicht stattfinden lassen. Also …."

Sie überlegten noch ein Weilchen, dann setzte Klemm neu an:

„Wir müssen ihn auf den Punkt bringen. Wir müssen erfahren, was in den Behältern unten im Keller ist. Das ist das Eine. Das Andere: wir wollen einen Zeitplan. Ich will wissen, wann ich wieder nach Hause komme. Ich will hier nicht verfaulen."

„Gut. Setzen wir ihm die Pistole auf die Brust: wenn er die Karten offen legt, sagen wir ihm, wir wären dabei und überlegen dann, was wir wirklich tun können."

„Und wenn er hart bleibt und nichts raus lässt?"

Die Zimmertür wurde aufgestoßen. Im Rahmen stand der Boss:

„Ihr braucht aber lange."

Absperrung

Die maximal denkbare Katastrophe war eingetreten, ohne dass jemand sie Stunden vorher auch nur im Entferntesten geahnt hätte. Es ist schon ärgerlich genug, wenn Flüge sich verspäten oder gar ausfallen. Dann platzen Geschäftstermine, die entweder verschoben werden müssen oder ganz ausfallen. Oder es warten Freunde oder Verwandte am anderen Ende, die nicht wissen, wie die Lage ist, und was als Nächsten kommt. Und wann man überhaupt ankommt. Aber all das kann irgendwie geregelt werden dank moderner Kommunikationstechnik. Aber nicht dieses Mal.

Ein Raunen ging durch die Wartenden:
„Kein Netz."

Kein Netz. Kein Empfang. Kein Mobilfunknetz, kein WLAN, kein Internet, kein Weg nach draußen, keine Verbindung zur Welt. Das war das Eine. Die technischen Barrieren, Nachrichten überhaupt zu übermitteln. Das Andere aber war der Entzug. Die Vergeblichkeit des Daddelns, die Nervosität in den Fingern, die qualvolle Situation, dass man nicht mehr wusste, wie man die nächsten Sekunden, Minuten, vielleicht Stunden (?) verbringen konnte, ohne an der Nabelschnur zu hängen, ohne Strickleiter, ohne Plan, mit nutzlosen Smartphones in der Hand.

Blumhardt spekulierte. Er war kein Techniker, nur Finanzfachmann, hatte aber trotzdem so seine Theorien:

„Es gibt eigentlich nur drei Möglichkeiten: entweder die setzen Störsoftware ein, oder die haben so eine Art Faradayschen Käfig, der alle Funksignale abschirmt, oder die haben Sendemasten abgeschaltet. Nur: wer sind ‚die'? Und egal, das Ergebnis ist dasselbe: wir kommen hier anscheinend nicht mehr raus."

Er und Gabi Förster begannen angestrengt zu spekulieren, was wohl die Gründe sein könnten.

***

Termine hin oder her: einigen Passagieren riss der Geduldsfaden. Sie schnappten sich ihre Sachen und verließen das Gate zurück Richtung Eingangsbereich – und waren nach fünf Minuten wieder zurück. Der Eingangsbereich war dicht; andere Passagieren von anderen Gates wanderten dort auch ziellos umher. Ansonsten herrschte geisterhafte Leere – kein Personal, alle Bars und Läden geschlossen, Jalousien heruntergelassen. Es wurde allmählich unheimlich. Der Unmut wich. Angst schlich herein. Eine Stimme aus dem Lautsprecher (zuerst auf deutsch, dann auf englisch) verkündete als Nächstes:

„Meine Damen und Herren! Aufgrund massiver technischer Störungen wird der Flughafenbetrieb zurzeit angepasst. Wir bitten Sie, sich im Interesse Ihrer eigenen Sicherheit weiterhin in Ihrem Gate zur Verfügung zu halten. Wegen der Verzögerungen werden Sie in Kürze mit Snacks und Getränken versorgt werden. Sobald sich die Lage normalisiert hat, erhalten Sie weitere Informationen."

Blumhardt wandte sich sorgenvoll an seine neue Bekanntschaft:

„Das hat mit technischer Störung nichts zu tun. Überhaupt nichts. Da steckt was Großes dahinter. Terror oder irgend so etwas Ähnliches. Schauen Sie mal."

Er stand jetzt mit ihr am Fenster und deutete hinaus.

„Die Flieger werden von den Gates abgezogen – nach draußen aufs Flugfeld oder in die Hangars."

In der Tat: das Flugzeug an ihrem Gate war schon nicht mehr da. Sie konnten zwei weitere Maschinen sehen, die gerade weg gezogen wurden.

***

Nächste Ansage:

„Meine Damen und Herren! In der Shopping Mall in Höhe des Duty Free Ladens stehen für Sie jetzt Lunchpakete und Kaltgetränke bereit. Bitte, nehmen Sie nur ein einziges Paket und maximal zwei Getränkeflaschen an sich…."

Ob aus Langeweile oder von Hunger oder Durst getrieben: die Stampede brach los, und – ob jung oder alt, elegant gekleidet oder im Freizeitlook – Männer, Frauen und Kinder stürzten auf den Gang Richtung Duty Free – nur um festzustellen, dass sich dort schon ein großer Pulk gebildet hatte, den man noch durchdringen musste, bevor man an die Trollies mit den guten Sachen gelangen konnte.

Gabi Förster war schon im allgemeinen Trubel untergetaucht, als Blumhardt endlich an der sich vorwärts drängenden Masse herankam. Unterwegs waren ihm schon einige Leute entgegengekommen, die mehr als ein Lunchpaket auf ihren Armen balancierten. Das beunruhigte ihn nicht. Er dachte vielmehr an das zurück gelassene Reisegepäck in den einzelnen Gates, auch an sein eigenes. „Verlassene Gepäckstücke" schienen in der augenblicklichen Situation aber keine Rolle mehr zu spielen, was die allgemeine Sicherheit betraf. Auch er hatte Mantel und Reisetasche einfach im Stich gelassen. Als er sich endlich durchgekämpft hatte, war kein einziges Lunchpaket mehr vorhanden. Reflexartig hatte er sich die letzte kleine Flasche Mineralwasser gegriffen, die noch zwischen zwei Cola-Flaschen übrig geblieben war.

Damit am langen Arm bog er in die Sicherheitszone ab mit den all Durchleuchtungsapparaten, an denen niemand mehr herumstand, schritt zurück durch den Scanner, an den Fließbändern vorbei zu den Einlasstüren. Andere hatten es vor ihm auch schon versucht. Aber er kannte das Ergebnis bereits im Vorhinein: Er zog und drückte – nicht besonders heftig, das würde keinen Unterschied machen: nichts zu bewegen. Abgesperrt. Die Türen nach draußen waren abgeschlossen.

***

Er kehrte in sein Gate zurück und stellte mit Erleichterung fest, dass seine Utensilien sich noch unversehrt an ihrem Platz befanden. Gabi Förster hatte ihr Lunchpaket bereits geöffnet:

„Haben Sie nichts mehr bekommen?"

„Natürlich nicht. Wie sollte es anders sein."

„Unverschämt. Ich dachte, die hätten für alle abgezählt."

„Hatten die wohl auch, aber mache Leute haben eben mehr Hunger als andere."

„Kommen Sie. Setzen Sie sich. Wir teilen uns meins."

„Danke. Sehr aufmerksam, aber ich hab jetzt sowieso keinen Appetit in diesem ganzen Chaos hier."

Er setzte sich wieder. Bei den Essenspaketen handelte es sich offensichtlich um leicht angewärmte Menus, die ursprünglich für die ausgefallenen Langstreckenflüge vorgesehen gewesen waren. Frau Förster hatte Hähnchen in Sahnesoße auf Reis erwischt. Dirk Blumhardt begnügte sich mit dem Nachtisch-Muffin.

Dann schlenderte er wieder hinaus auf den Gang. Seine größte Unruhe war dadurch entstanden, dass sich niemand vom Flughafenpersonal hatte blicken lassen – so als ob alle vor irgendetwas geflohen wären. Dieser Grund für seine Unruhe hatte sich aber jetzt erledigt: im Sicherheitsbereich, den er eben noch durchwandert hatte, bewegten sich Menschen in Uniform: Flughafenleute in hellblauen Hemden und dunkelblauen Hosen und

Sicherheitsleute in Polizeiuniformen. Das hätte ja tröstlich sein können, wenn nicht all diese Menschen – es mochten wohl zwanzig Personen sein – Mundschutzmasken getragen hätten.

Der Plan

Die Drei saßen um den Küchentisch herum. Der große Kurfürst hatte sich einverstanden erklärt und Pläne ausgebreitet. Klemms Kaffeetasse hatte bereits zwei hellbraune Kringel auf einer der technischen Zeichnungen hinterlassen. Das tat der Sache aber dennoch keinen Abbruch. Er und Susanne Ohneweiler hatten sich letztendlich bereit erklärt, dabei zu sein, komme, was wolle. Ob Maas ahnte, dass es sich dabei nur um ein Scheingefecht handelte, wussten sie nicht. Auf jeden Fall hatte er sich bereit gezeigt, die Karten zumindest teilweise auf den Tisch zu legen.

Jeder hatte also seinen lokalen Aufgabenbereich zugewiesen bekommen. Den Eingangsbereich zum Check-in kringelte Ludwig Maas gesondert ein:

„Hier trennen wir uns, und hier treffen wir uns wieder. OK?"

Stummes Nicken.

„Im Keller stehen drei Reisetaschen. Da kommt das Zeug rein. Da sind jetzt auch weiße Schutzoveralls drin mit Kapuzen und Mundschutz. Die zieht Ihr Euch auf den Toiletten über."

Klemm hob den Zeigefinger:

„Und wann soll das alles passieren?"

Der große Kurfürst lächelte – entwaffnend:

„Am exakten Jubiläumstag: übermorgen."

Also noch heute und morgen durchhalten, ging es den beiden anderen durch den Kopf. Zeit zum Planen für Gegenaktionen. Gut so. Maas fuhr fort:

„Wir machen das abends. Wenn es dunkel geworden ist. Wir fahren in die Tiefgarage für

Kurzzeitparker. Ich zeig Euch das alles noch mal vorher. Das Ganze müsste dann in einer halben Stunde erledigt sein."

„Und was dann weiter?"

„Dann geht´s zum Bahnhof. Die werden zuerst ja gar nichts merken. Wir können in aller Ruhe heimfahren. Ich habe ja die Tickets."

Niemand kam mehr auf die Idee, über die Sinnhaftigkeit des ganzen Unternehmens zu streiten. Das hatten sie auch früher, vor ganz langer Zeit, auch nie gemacht. Und: Es wäre sowieso sinnlos gewesen angesichts der Entschlossenheit ihres Anführers. Das war früher auch schon so gewesen. Das Ziel war es immer, dass etwas stattfand. Eine Art Happening mit verdammt bösen Folgen. Das war Ludwig. So war er. Immer schon. Zwecklos und zweckfrei. Hauptsache Action.

„So, und jetzt: Ortstermin."

***

Sie fuhren wieder zum Flughafen. Aber dieses Mal nicht mehr daran vorbei. Sie ließen das Auto in der Tiefgarage für Kurzzeitparker stehen – ganz so wie für die echte Aktion vorgesehen. Man war jetzt bei einer Art Generalprobe. Ihr Chef ermahnte seine Gefolgsleute, sich Ausgänge, Treppen, Aufzugstüren und Notausgänge gut einzuprägen:

„…wenn mal etwas schief läuft."

Dann die große Halle. Die drei gingen die vereinbarten Bezirke ab. Zielpunkte waren die jeweiligen Toilettenbereiche. Zum Schluss versammelten sie sich wieder am Eingang. Dann schickte das Mastermind seine Leute noch einmal einzeln los und nahm die Uhrzeit bis zu ihrer Rückkehr: gute zwanzig Minuten:

„Das passt. Wenn wir zehn Minuten für die Action hinzunehmen, war meine Schätzung richtig. Verzögerungen können nur auftreten, wenn irgendetwas Hinderliches in den Waschräumen auftritt, irgendwelche neugierigen Leute oder so. OK: gehen wir was essen."

Susanne Ohnweiler konnte ihren Blick nicht von den vielen Menschen nehmen, die kreuz und quer durch die Halle liefen, an Geschäften und Cafés vorbei, Koffer und Rollis und Handgepäck und Boradingpässe in den Händen. Frauen mit Kindern, alte Männer und jede Menge Business-Leute. Eine bunte, aufgeregte Menge Ahnungsloser. Mit Zukunftsplänen – für heute, morgen und den Rest ihres Lebens. Manche fröhlich, viele angespannt. Alle auf Achse. –

„Was ist los, Susis? Ich habe Hunger!"

„Nichts. Ich komm ja schon."

Die da jetzt herumlaufen, haben nichts damit zu tun. Übermorgen werden es andere sein, tröstete sie sich noch und folgte ihrem Herrscher. Noch.

Sie hatte keine Idee, wie sie dem jetzt noch entkommen sollte – Micky sicherlich auch nicht. Der einzige Weg war dennoch der simple: Flucht, einfache, rohe Flucht, irgendwohin, nur weg von

Ludwig Maas. Alles andere, Verhindern oder sonst etwas, war viel zu kompliziert. Wenn Klemm nicht mitziehen wollte, musste sie eben alleine handeln. Es gab keine andere Option. Es musste nur eine passende Gelegenheit her. Sie streifte die Angst vor möglichen Enthüllungen des großen Kurfürsten ab. Sie durfte sich davon nicht mehr gefangen nehmen lassen.

    Sie folgte ihm. Noch. In den Asia Wok hinein.

Quarantäne

Resignation hatte Wut und Enttäuschungen verdrängt. Aber Ängste waren geblieben. Wenn man endlich nur wüsste, was los ist, und wie lange das noch alles dauern sollte. Der Tag ging langsam zur Neige. Und allmählich schaffte sich die entsetzliche Erkenntnis Raum, dass man wohl auch die Nacht hier verbringen würde. Die hygienischen Verhältnisse in den Waschräumen verschlechterten sich rapide.

Ein junger Inder stand an einem der großen Fenster und blickte nach draußen auf das verlassene Flugfeld. Er blickte auf einige Flieger, die man in der Ferne abgestellt hatte. Dann murmelte er etwas vor sich hin, ging einen Schritt zurück und zog Dirk Blumhardt, der neben ihm stand, am Ärmel zu sich:

„Look. What does this mean?"

Er zeigte durchs Fenster nach unten. Blumhardt sah dasselbe wie der Inder. Draußen fuhren Militärfahrzeuge mit bewaffneten Mannschaften vor. Eins, zwei, drei – immer mehr. Soldaten in Tarnanzügen sprangen von den Ladeflächen und eilten unter den Kommandorufen von Unterführern unten in das Gebäude hinein. Links und rechts bei den anderen Gates dasselbe Bild. Mittlerweile hingen auch die anderen Fluggäste wir Trauben vor den Fensterscheiben. Wildeste Spekulationen waren die Folge. Während die meisten Passagiere auf einen Terroranschlag oder dessen Verhinderung tippten, gab es Stimmen, die einen Krieg oder gar einen Putsch als Ursache für diese Eskalation annahmen. Trotzdem oder gerade deshalb hatte diese ganze Entwicklung aber einen positiven Effekt auf die allgemeine Lage: die

Lethargie hatte schlagartig ein Ende. Jetzt kam Bewegung ins Spiel.

***

Etwa eine halbe Stunde nach diesen Beobachtungen tat sich auch etwas auf den Korridoren. Vor dem Sicherheitsbereich waren die Polizisten abgezogen und durch Soldaten ersetzt worden. Eine Gruppe von etwa zehn Menschen in weißen Overalls mit Kapuzen und Mundschutz betrat das Gate. Bis auf zwei Personen waren alle mit Maschinenpistolen bewaffnet. Dann trat eine Frau ans Mikrofon am Check-in-Desk:

„Meine Damen und Herren! Zunächst einmal bitten wir im Namen der Flughafenleitung und der Sicherheitsorgane von Hamburg um Entschuldigung für all Ihre Unannehmlichkeiten und besonders für die Ungewissheit, in der wir Sie bisher gelassen haben. Aber wir mussten eine äußerst schwierige

Situation in den Griff bekommen und sind immer noch dabei, das zu tun.

Durch äußere Einwirkung, für die wir keine Verantwortung tragen, ist der gesamte Flughafenbereich in eine Lage gekommen, in der die Gesundheit sowohl des Personals als auch der Fluggäste akut bedroht ist. Wir arbeiten mit allen verfügbaren Mitteln daran, diese Lage zu entschärfen, und Ihnen so bald wie möglich den Weg nach draußen wieder zu öffnen. Das braucht allerdings seine Zeit. Dafür und in Ihrem eigenen Interesse bitten wir um Verständnis…."

Der Vortrag wurde an dieser Stelle von hektischen Fragen unterbrochen: wie sah die konkrete Gefährdung aus? Wer hatte sie verursacht? Auf welchen Zeitplan musste man sich einstellen? – Die Menschen hatten jetzt eine Gelegenheit gefunden, Dampf abzulassen. Die Sprecherin war der Blitzableiter.

Die Frau erläuterte, dass mit Sicherheit niemand vor morgenfrüh das Gebäude verlassen könnte, vielleicht auch noch nicht einmal dann. Man würde sie in Kürze mit Wolldecken und Abendessen versorgen. Die Waschräume würden auch gereinigt werden. Im Übrigen sei sie Ärztin:

„Ist jemand unter Ihnen, der an irgendeinem akuten Unwohlsein leidet oder an einer lebensbedrohlichen chronischen Erkrankung? Bitte, melden Sie sich. Wir sind für Sie da."

Zwei ältere Personen klagten über Magenprobleme bzw. Schmerzen in der Brust. Die zweite unbewaffnete Person in Weiß nahm sie zur Seite, um sie woanders zu versorgen.

„Personen, die Dauermedikamente benötigen und deren Vorrat aufgebraucht ist, mögen sich melden."

Es gab niemanden, der dazu vorsprach. In einer Woche würde das womöglich anders sein.

„Sollte im Laufe des Abends jemand erkranken, bitte sofort die wachhabenden Personen im Sicherheitsbereich ansprechen."

Mehr Fragen prasselten auf die Ärztin herab. Man wollte die Details wissen:

„Aus verständlichen Gründen können wir momentan keine weiteren Details freigeben. Bitte, vertrauen sie den Sicherheitsorganen. Wir tun alles, um Ihren Aufenthalt im Rahmen der gegenwärtigen Umstände so angenehm wie möglich zu gestalten. Je disziplinierter Sie mitwirken, desto eher wird sich die Lage entspannen. Wir danken für Ihr Verständnis."

Die Gruppe zog, begleitet von nicht enden wollenden Fragen und Rufen, hastig weiter zum nächsten Gate.

Das vorläufige Ende

Alles war sinnlos, aber doch nicht endlos gewesen. Sie hatten nie gewusst, wofür sie eigentlich gestanden hatten. Sie hatten nie über Ziele nachgedacht – außer immer über die nächste Aktion. Vielleicht über die Reaktionen der Öffentlichkeit, über das, was dann danach in den Zeitungen gestanden hatte. Der große Kurfürst war der Vordenker gewesen. Er hatte immer die Ideen gehabt. Und ihm hatten die drei anderen auch in gewisser Weise gehorcht. Waren ihm nachgefolgt. Es war ein abenteuerliches Leben gewesen. Brauchten sie Geld, wurde eine Bank überfallen.

Ansonsten mietete man sich kurzfristig in eine schäbige Bude ein – so schäbig, dass Vermieter meistens keine weiteren Fragen stellten. Und dann war man wieder weg. Woanders. Auf zu neuen Ufern – irgendwo in Deutschland.

Das Abitur hatten Micky und Susi für nichts gemacht. An Beruf dachte niemand mehr. So vergingen die Jahre. Eins nach dem anderen. Schneller als geplant, aber geplant war ja ohnehin nichts gewesen. Aber Dieter Waldhaus ging es irgendwann nicht mehr so gut. Er klagte öfters über Schmerzen im rechten mittleren Bauchbereich. Konnte nachts nicht mehr schlafen. Fiel bei den Aktionen zurück, nachher ganz aus. Arztbesuch war nicht drin. Das war Teil ihres Existenzrisikos. Mit der Zeit begannen sie dann auch, zu diskutieren. Auch kontrovers untereinander, aber der große Kurfürst bügelte das herunter, wurde zunehmend autoritärer.

Irgendwann ging es nicht mehr weiter. Sie spürten es. Jeder für sich, manchmal in Andeutungen von einem zum anderen. Die Luft war raus. Keine Inspiration mehr da, nur Langeweile, Lustlosigkeit. Der Kick blieb immer öfters aus. Nach vorne schauen lohnte sich nicht. Es gab kein Vorne. Nur das Jetzt. Irgendwo, wo sie gerade waren. Und sie ahnten, dass die Ordnungsmacht ihnen näher kam. Irgendwie. Man bewegte sich vorsichtiger, ängstlicher. Anders als früher. Es wurden keine Wohnungen mehr angemietet. Sie wichen auf Campingplätze aus.

„Nero" Waldhaus wurde zum Totalausfall, Ohnweiler verfiel in Lethargie, Klemm war sowieso alles egal, wie immer, aber von ihm kamen auch keine Impulse mehr. Und Ludwig Maas verachtete seine Gefolgsleute mehr und mehr, wurde zunehmend aggressiver.

Es war ein regnerischer, kalter Oktobermorgen gewesen. Im Talkessel des Campingplatzes „Victoria Station" in Kreuzberg an der Ahr hatte sich eine Regenfront festgesetzt. Es nieselte ununterbrochen, als Susanne Ohnweiler aus dem Zelt kroch und sich langsam und lustlos zu den Duschen aufmachte. Außer dem Jogginganzug, in dem sie geschlafen hatte, besaß sie noch eine abgetragene Jeans, ein Paar Tennisschuhe, zwei T-Shirts und einen Anorak. Viel mehr nicht. Nicht einmal mehr Tempo-Taschentücher. Und alle Klamotten waren dreckig und nass und stanken.

Missgelaunt suchte sie die Waschräume auf. Als sie das Geldstück für den Duschautomaten aus ihrer Börse heraussuchte, stellte sie fest, dass ihr noch 13, 25 DM geblieben waren. Das war ihr ganzer Besitz. Unter der Dusche liefen ihr die Tränen übers Gesicht.

***

Als sie den Waschraum verließ, kam ihr ein junges Pärchen entgegen, das sich trotz des grauen Wetters die Laune nicht verderben lassen wollte. Sie lachten und freuten sich auf ihr Frühstückscroissant mit Milchkaffee.

Susanne Ohnweiler schlenderte planlos den Schlackeweg zu ihrem Zelt zurück, Waschtasche und Handtuch am langen Arm. Vor dem Zelt war der Rasen jetzt matschig getreten. Im Vorzelt saß Dieter Waldhaus gekrümmt auf einem Klappstuhl und aß einen Marsriegel.

„Schlafen die andern beiden noch?" fragte sie ihn. Er nickte nur.

„Wir müssen reden. Das geht so nicht weiter. Ich hab die Schnauze voll."

Er nickte wieder.

***

Und sie hatten geredet an diesem Morgen. Nicht viel. Klemm hatte nur zugehört. Waldhaus nur gestöhnt. Ohnweiler und Maas zogen das Fazit. Irgendwann an diesem Morgen blieben auch dem großen Kurfürsten die Argumente aus. Die dünne Brücke, auf der sie seit fast fünf Jahren gestanden hatten, erwies sich schließlich als das was sie immer schon gewesen war: nicht tragfähig. Sie wurden sich einig.

Ludwig Maas behielt die Zeltausrüstung und den Van. Dann zückte er seine Börse. Zweihundert für jeden. Mehr war nicht drin. Der letzte Bonus. Kein großartiges Ergebnis für fünf Jahre harter Arbeit. Jeder packte schweigend seine Sachen. Maas und Waldhaus wollten noch einen weiteren Tag bleiben. Susanne Ohnweiler spürte zum ersten Mal etwas, was vielleicht schon lange tief in ihr drin gesessen hatte: Hass. Sie hasste ihre Weggefährten. Abgrund tief. Erst jetzt, wo alles vorüber war, wurde ihr das bewusst. Sie gab niemandem die Hand, schulterte ihren Rucksack und verlies das Vorzelt zusammen mit Peter Klemm ohne ein Wort.

Waldhaus rief hinterher: „Macht´s gut!"

Das war´s. Am Ausgang des Campingplatzes verabschiedete sie sich von Klemm, der noch in der Cafeteria frühstücken wollte. Es hatte ja jetzt Geld gegeben.

Im kalten, frostigen Morgenregen durchquerte Susanne Ohnweiler die Unterführung der Ahrtalbahn und bog auf die Straße nach Altenahr ein. Linker Hand ragte die stolze Burg von Böselager auf. Sie wollte zu Fuß durch den Niesel zum Bahnhof und dann weg. Wohin? Irgendwohin. Nachdem sie die ersten hundert Meter hinter sich hatte, wurde ihr übel, und sie musste sich am Straßenrand übergeben.

Ohnweilers Geschichte

Der Sturm hatte an diesem Nachmittag etwas nachgelassen, obwohl für den Abend ein mächtiges Wiederaufbrausen angesagt war. Da man es leid war, an diesem Ferienort tagelang verkrampft hinter verregneten Fensterscheiben nach draußen zu starren, fassten sich die drei älteren Urlauber ein Herz, mummelten sich dick ein und tauchten in Wind und Regen ein in Richtung Deich. Oben angekommen orientierten sie sich an Sahlenburg und marschierten den Deich entlang. Alles grau in Grau, die Laternen entlang der Uferpromenade strahlten ihr orangenes Funzellicht ab. Die dachten wahrscheinlich, es wäre noch oder schon wieder Nacht bei den Lichtverhältnissen. Die geschlossenen Restaurants reflektierten den Charme einer vernagelten Geisterstadt. Aber wenigstens war das Meer jetzt da. Es war Flut. Das war doch schon etwas. Weit in der Ferne über Sahlenburg hinaus, tief im Watt musste irgendwo Neuwerk liegen. Wenn der Wind die Wolken wegnahm, konnten sie das flackernde Licht des großen Turms darauf erkennen.

Der große Kurfürst schien trotz aller Widrigkeiten in bester Laune zu sein. Er war den Deich zur Seeseite hinunter gestiegen und warf Gegenstände ins Meer. Dabei wandte er sich gelegentlich um und rief seinen Gefährten aufmunternde Worte zu, nachzukommen. Dann lachte er wieder laut auf und lief ein Stückchen weiter. Er mochte wohl einhundert Meter voraus sein, als Susanne Ohnweiler Peter Klemm am Ärmel zog:

„Sag mal, was machst Du eigentlich so mit Deinem Leben. Bleibt ja nicht mehr viel. Was hast Du die ganze Zeit gemacht?"

„Nichts Besonderes. Hab mich durchgeschlagen. Hab ja nichts gelernt gehabt. Und Ehrgeiz war nie meine Stärke. Weißt Du ja. Bin untergekommen. Gelegenheitsjobs und so. Nichts Besonderes. Und Du?"

„Ich hab´s irgendwie doch noch geschafft. Hab ich ja erzählt. Bin ganz zufrieden. Damals bin ich zu Ilona gefahren, Dieters Freundin. Die hat mir zuerst weitergeholfen."

„Dann kannst Du ja nicht klagen. Bist aus dem Schlamassel raus gekommen."

„Kann man so sagen. Der Job hält mich am leben, auch wenn ich das Andere nicht vergessen kann. Und es gibt noch einen anderen Grund."

„Aha?"

„Es gibt noch einen Menschen, der mich weitermachen ließ. Und auch heute noch. Ich bin immer noch auf der Suche."

Ludwig Maas schrie wieder irgendetwas nach oben, während sie jetzt mit dem Wind im Rücken langsam über den Deich weiter schlenderten.

„Was denn? Ein Kerl?"

„Nein. Eine Frau."

„Komisch. Du? Hätte ich nicht gedacht. Kenn ich die?

„Nein."

Susi machte eine kurze Pause.

„Nein. Ich kenn sie selbst ja kaum."

„Erzähl doch."

„Also, als ich Kreuzberg verlies, war ich schwanger. Ich hatte es schon gemerkt, als wir noch im Zelt wohnten. Es war Ludwig. Aber halt den Mund, sonst hör ich sofort auf."

Klemm sagte nichts mehr. Dass Susi etwas mit dem Chef gehabt hatte, war allen klar gewesen. An die wäre sonst niemand ran gekommen. Ludwig hätte ihn fertig gemacht. Mausetot.

„Ludwig weiß nichts davon. Ilona hat mich später, als es losging, zu einer Klinik gefahren und mich da stehen lassen. Ich war ja nicht versichert. Aber, als die Wehen kamen, da konnten die nicht anders. Die mussten mich nehmen. Und ich habe unterschrieben, dass ich das Kind weggebe. Es war ein Mädchen. Dann bin ich aus dem Krankenhaus weg."

Sie machte eine längere Pause. Micky schwieg weiter. Er hatte zwischendurch die Hände aus den Jackentaschen genommen, um sich zu schnäuzen. Jetzt steckte er sei wieder rein. Der große Kurfürst war immer noch ein gutes Stück voraus.

„Ich habe Fotos von dem Kind."

„Wie das?"

„Ich hab erfahren, wo es hin gekommen ist. Nachher. Die Pflegefamilie."

„Wie ging das denn? Das dürfen die doch nicht preisgeben."

„Eigentlich nicht. Aber es gibt eine Karenzzeit, nach der die Mutter noch einmal gefragt wird, ob sie das Kind nicht doch haben will. Und ich bin zum Amt und hab Formalitäten erledigen müssen. Hatte keinen Ausweis, und wir hatten ja unsere Decknamen. Ilona hat bezeugt, dass ich die war, die ich angab zu sein."

„Kenne das. Das hab ich auch durchgemacht. Mehrmals. Wenn Du wieder auftauchst. Was Du alles brauchst. Irgendwie ist das dann doch bei mir auch gegangen. Und dann?"

„Ja. Dann haben die nicht aufgepasst und ich hab den Namen der Pflegefamilie gelesen und die Adresse. Ab da hab ich gestalkt. Immer mal wieder. Und hab mir einen billigen Fotoapparat besorgt. Hab damals bei Karstadt gejobbt. In der Plattenabteilung. Hab mir ein kleines Album zugelegt. Da sind ihre Fotos drin, die ich immer von Weitem gemacht habe. Bis sie so drei Jahre alt war. Dann sind die weggezogen, und ich weiß nicht wohin. Ich hab das Album immer noch zuhause."

„Du sagtest, Du suchst Deine Tochter immer noch…."

„Ja. Sie muss jetzt so dreißig sein. Gibt ja jetzt Internet. Da hat man ganz andere Recherchemöglichkeiten. Vielleicht find ich sie ja wieder."

„Und was machst Du dann? Wieder stalken?"

„Weiß ich noch nicht. Aber halt´s Maul. Ludwig kommt hoch."

Ausbruchsversuch

Der Tag ging zur Neige. Menschen begannen, sich auf ihren Sitzgelegenheiten für die Nacht einzurichten. Manche holten ihr Waschzeug oder Kosmetikutensilien aus den Koffern und suchten damit die Waschräume auf, andere falteten ihre Anzug-Jacketts zusammen und tauschten sie gegen Pullover oder Sweatshirts aus. Schuhe wurden ausgezogen, Krawatten abgebunden. Es wurde nach bequemen Sitzhaltungen für den hoffentlich kommenden Schlaf gesucht. Das Licht würde wohl die ganze Nach brennen.

Blumhardt ließ seine Augen über die Menschengruppe wandern, der er vor vielen Stunden unfreiwillig zugeteilt worden war. Aus Langeweile beobachtete er das Verhalten all dieser mit ihm hier Gestrandeten, Teil seiner neuen Kameradschaft, machte leise Kommentare und teilte sie seiner Nachbarin mit. Die fand das zuerst ganz amüsant, wollte aber schon nach kurzer Zeit nichts mehr von dem Nonsens hören. Sie nahm sich diese ganze Angelegenheit offensichtlich sehr zu Herzen. Mehr als er. Sie war kurz vor dem Verzweifeln, riss sich aber noch zusammen. Er spürte das irgendwie.

Drei Männer in seinem Alter standen am Check-in Desk und berieten sich leise. Ihr Blick zeigte immer wieder in Richtung Sicherheitsbereich. Dann zogen sie sich wieder dorthin zurück, wo ihr Reisegepäck stand. Sie nahmen jeder einige Gegenstände heraus und verstauten sie in ihren Jacken- und Hosentaschen.

Die letzten Gespräche waren verstummt. Es war eigentlich zu warm zum Schlafen in dem Raum

– zumindest für Blumhardts Gewohnheiten – unabhängig von allen anderen Hindernissen, aber einigen Passagieren fielen tatsächlich bereits die Augen zu. Die Glücklichen. Er wünschte seiner neuen Freundin, die sich ebenfalls bereits in Schlafhaltung in ihrem Sessel zusammengerollt hatte, eine gute Nacht.

***

Es mochte kurz nach Mitternacht sein, als er aus sein Dösen aufschreckte und irgendwo eine Bewegung wahrnam. Die Flughafenleute hatten tatsächlich die Beleuchtung entgegen allen Erwartungen etwas herunter gedimmt. Trotzdem war rund um ihn herum alles klar und deutlich zu erkennen. Die drei Typen, die sich vor der Nacht am Desk zusammen beraten hatten, schlichen sich hintereinander durch die Sitzreihen und aus dem Gate heraus. Dann geschah lange Zeit nichts mehr. Blumhardt ging kurz zur Toilette and dann leise wieder zurück an seinen angestammten Platz. Kurz darauf versank er noch einmal in einen unruhigen Halbschlaf, aus dem er urplötzlich wieder durch laute Stimmen aus dem Sicherheitsbereich gerissen wurde. Gabi Förster war ebenfalls aufgeschreckt, saß Kerzen gerade aufrecht, und einige andere Fluggäste auch.

Die Stimmen wurden lauter. Befehle wurden gerufen und nach einer kurzen Pause gab es drei, vier Explosionen hintereinander: Schüsse aus automatischen Waffen, dann Schreie von anderen Stimmen und lautes Stöhnen, wieder Befehle, dann Ruhe.

Blumhardt erhob sich und eilte mit zwei weiteren Männern zum Korridor – um sofort in die Mündung einer Maschinenpistole zu blicken:

„Stehen bleiben! Keinen Schritt weiter!"

Vor ihnen stand ein Soldat, der sie zurück ins Gate drängte. Blumhardt nahm noch flüchtig einen Pulk von weiteren Soldaten an der gläsernen Trennwand vom Sicherheitsbereich nach draußen wahr und zwei leblose Körper auf dem Boden davor. Ein weiterer Mann wurde gerade abgeführt. Die Tür nach draußen war geöffnet worden, schloss sich dann aber sofort wieder.

Mittlerweile waren alle anderen Passagiere ebenfalls aufgewacht, sofern sie überhaupt geschlafen hatten. An Nachtruhe war jetzt nicht mehr zu denken. Es war kurz vor eins.

***

Drei Männer hatten versucht, zu entkommen. Ihr Fluchtweg sollte über die gläserne Wand, die den Sicherheitsbereich von der Außenwelt abtrennte, führen. Diese Wand ging nicht geschlossen bis zur Decke hinauf, sondern lediglich bis etwa 2,50 m Höhe. Zwischen ihrem oberen Ende und der Decke klaffte eine große Lücke. Die Männer hatten den Wachwechsel der Soldaten abgewartet und waren in diesem Augenblick los gespurtet. Sofort wurde Alarm ausgelöst. Bevor noch der Erste die Wand überhaupt erreicht hatte, wurden sie schon angerufen, und als sie nicht reagierten, das Feuer eröffnet. Zwei waren auf der Strecke geblieben.

Die Autoritäten hatten gezeigt, dass sie es ernst meinten. Jetzt war auch dem Letzten klar geworden, wie verzweifelt ernst ihre Lage wirklich war.

Observation

Der alt gediente Kriminalbeamte im Ruhestand, Thomas Mohrmann, konnte keine Ruhe finden seit seiner Begegnung mit dem „Langen", wie er ihn still für ich nannte – der Lange, der ihm durch die Finger geschlüpft war. Und das mit Hilfe des BKA. Vor mehr als dreißig Jahren.

Mohrmann hatte natürlich keine Unterlagen bei sich, auch keinen Laptop, mit dem er eventuell auf alte Dateien hätte zugreifen können. Er war ja im Ruhestand, und es konnte sein, dass zu dem längst vergangenen, aber längst nicht vergessenen Fall auch bei ihm zuhause nichts Wesentliches mehr zu finden sein würde. Das Meiste hatte er – wenn auch manchmal mit schwerem Herzen – weg geschreddert oder sonst wie entsorgt. Die Dienstwaffe und alle Ausweise waren mit seinem Ausscheiden auch bei seinem ehemaligen Arbeitgeber geblieben. Nichts wies ihn mehr nach außen als ehemals privilegierten Ermittler aus. Trotzdem konnte er jetzt nicht mehr ruhig bleiben. Er observierte hinter der Gardine her. Er observierte, wo er konnte. Das lag ihm im Blut. Er konnte jetzt nicht mehr anders. Und er war überzeugt, dass er das sogar musste. Im Interesse der öffentlichen Sicherheit.

Die beiden Begleitpersonen von Ludwig Maas kannte er vom Sehen her nicht. Vielleicht gehörten die ja zu seiner alten Bande, die lange oben auf den Fahndungslisten gestanden hatten, deren Mitglieder man aber – mit der einen einzigen – seiner – Ausnahme – nie habhaft geworden war. Vielleicht waren das jetzt aber auch nur Freunde oder Verwandte, mit denen Maas hier entspannen wollte? Seit Jahren hatten Maas und seine alte

Truppe ihre Aktivitäten eingestellt – waren sozusagen auch aufs Altenteil gegangen. Das war allgemein so Konsens in Kreisen der Sicherheitsbehörden gewesen. Trotzdem ….

Mohrmann rief bei der Agentur in Duhnen an, die diese Ferienhäuser hier vermittelte. Unter einem Vorwand erkundigte er sich nach seinen Nachbarn, dem Namen des Mieters. Keine Auskunft. Klar. Datenschutz. Schließlich beschloss er, einen Umweg zu nehmen. Er kontaktierte einen alten Bekannten in seiner ehemaligen Dienststelle in Burgsteinfurt, der noch aktiv im Dienst war, ein guter, vertrauensvoller Freund. Dem erklärte er ganz offen seinen ungeheuren Verdacht. Er erklärte, er wäre nur neugierig, ob er sich nicht täuschen würde. Nein, es ging überhaupt nicht darum, den alten Fall wieder aufzurollen. Das Meiste, wenn nicht alles, war ja sowieso verjährt. Sein Freund im Münsterland sollte höflich und unkonventionell ohne bürokratischen Schnickschnack um Amtshilfe bei den Kollegen hier in Cuxhaven bitten – in einer

Vermisstensache. Jemand hätte eine Person in ein Ferienhaus in Sahlenburg gehen sehen, auf den die Beschreibung eines bei ihnen in Burgsteinfurt als vermisste gemeldeten Mannes passte. Sie bräuchten Namen und so weiter dieses Mieters.

Zwei Stunden später hatte Mohrmann über diesen Umweg die Information von seinem Freund. Der Mieter des Freienhauses neben dem seinen hieß Michael Fürst, wohnhaft in Lüneburg. Klar. Mohrmann schlug sich vor den Kopf. Natürlich hatte sich Ludwig Maas nicht mit seinem Klarnamen eingeschrieben. Hätte er sich auch vorher denken können. Michael Fürst. Wer sonst? Einfach lächerlich. So kam er nicht weiter.

Mit dem Urlaub war es nun endgültig vorbei. Von nun an griff nur noch die klassische Methode: Notizblock, Bleistift und Fernglas. Ein Fernglas hatte er mitgebracht, war sinnvoll bei einem Urlaub an der Küste, einen Kugelschreiber auch, den Notizblock musste er sich in Duhnen kaufen. Dann konnte die alte Routine wieder beginnen. Jeder

Schritt, jede Bewegung wurden festgehalten. Verfolgen konnte er die Drei nicht. Er hatte kein Auto dabei. Aber An- und Abfahrten konnte er sich zumindest notieren. Und wenn die Truppe nicht zuhause war, konnte er den Außenbereich des Häuschens unauffällig nach Auffälligkeiten absuchen. Er fand aber keine.

Show Time

Susanne Ohnweiler hatte noch immer die mahnenden Wort ihres Kumpanen Klemm im Ohr:
„Wir müssen das, egal, was es ist, verhindern."

Es wurde wieder Nacht. Die letzte Nacht vor dem großen Tag, vor dem Jubiläum, vor dem Bouquet. Die letzte Gelegenheit, etwas zu tun. Es musste jetzt, vorher, geschehen, sonst würde es nie geschehen – oder aber das Andere. Das, was sie nicht genau kannte, das Unheimliche, Entsetzliche. – Sie ließ jetzt alle Vorsicht außer Acht. Sie plante auch nicht mehr mit Micky. Hatte sie auch vorher eigentlich nicht getan. Sie traute ihm immer noch nicht so ganz. Nicht, dass sie Angst hatte, er würde sie verpfeifen. Sie fürchtete nur seine oftmals bewiesene Inkompetenz. Er würde alles versauen – egal, was es war.

Sie lag wach bis kurz nach 01:00 Uhr. Dann sprang sie vom Bett. Nicht einmal ihre Schuhe hatte sie ausgezogen gehabt. Sie nahm ihren knallroten Rollkoffer, der fertig gepackt war, ging zur Haustür und schloss sie auf. Gegenüber von ihrem Ferienhaus lag ein Waldstück. Ein kleiner, ausgetretener Pfad führte hinein. Hastig lief sie in den Wald und deponierte ihren Koffer ein Stück weit neben dem Pfad im Farnkraut. Dann kehrte sie ins Haus zurück.

Dort stieg sie hinab in den Keller, wo die Behälter standen. Das Zeug musste weg. Egal wie. Unten angekommen, nahm sie die erste grüne Dose vom Tisch. Sie war leichter, als sie erwartet hatte. Sie griff sich die zweite. Mit beiden Behältern stieg sie wieder die Treppe hinauf, durch den Flur zur

Haustür hinaus. Hastig lief sie in den Wald und deponierte die beiden Dosen im Farnkraut. Neben ihrem Koffer. Wenn alles erledigt sein würde, würde sie ein Stück die Straße entlang gehen und dann per Mobiltelefon ein Taxi mit Fahrtziel Bahnhof rufen. Den ersten Zug, den sie heute Nacht erwischen würde, würde sie nehmen – egal, wohin. Von einer Telefonzelle in der Nähe des Bahnhofs würde sie vorher die Polizei anrufen und denen mitteilen, wo sie das Zeugs versteckt hatte. Das war ihr Plan. Sie ging zurück ins Haus, um den Rest zu holen.

Alles war still und ruhig. Sie atmete tief durch und ging wieder in den Keller. Die drei noch verbliebenen Behälter konnte sie auf einmal tragen. Sie kam nach oben. Auf den letzten Metern zur Haustür wurde sie aufgehalten. Von hinten legte sich ein Arm um ihren Hals und ein heißer Atem flüsterte ihr von oben herab ins Ohr:

„Ganz vorsichtig. Nichts fallen lassen."

Dann ließ der große Kurfürst sie los und drehte sie um zu sich hin:

„Du hast Dich um einige Stunden vertan. Wir hatten für den kommenden Abend geplant. Was ist los mit Dir?"

Er nahm ihr eine Dose ab:

„Los, vor mir her. In den Keller."

Sie gehorchte. Sie spürte den Lauf der P1 in ihrem Rücken. Unten stellte sie die beiden anderen Behälter wieder auf ihren alten Platz zurück.

„Und jetzt gehen wir die anderen beiden holen."

Wieder folgte sie wie willenlos dem Befehl ihres alten Meisters. Er dirigierte sie in den Wald. Sie holten die beiden letzten Dosen. Als sie wieder unten im Keller waren, fasste sich Susanne Ohnweiler doch noch ein Herz. Ihr Koffer stand noch im Wald. Noch war nicht alles verloren. Und jetzt kam es sowieso auch auf nichts mehr an. Egal, was passieren würde. Sie drehte sich ruckartig um und schoss an Ludwig Maas vorbei die Treppe hoch. Ludwig Maas schoss auch. In ihren Rücken, von hinten ins Herz hinein. Die Frau stürzte rückwärts die Kellertreppe hinunter, rutschte an dem Schützen vorbei, der sich gegen die Wand drückte und blieb unten am Treppenabsatz liegen.

Oben in der Tür stand Peter Klemm:

„Was ist hier denn los?"

„Susi ist gestürzt. Sie hat sich wohl das Genick gebrochen."

Annäherung

Trotz der vielen Menschen um die Beiden herum versanken sie einzeln jeder für sich in ihre jeweilige Einsamkeit fern von den Lieben und Freunden, von denen sie sich verabschiedet hatten, mit denen sie hätten reden können, und von denen sie nicht wussten, wann und unter welchen Umständen sie sie wiedersehen würden. In der zweiten Nacht ihres unfreiwilligen Zusammenseins, vom Zufall ausgewählt nebeneinander in der Bequemlichkeit von Flughafenschalensitzen, glitt im Schlaf dann auch wohl eher zufällig die Hand von Gabi Förster über den Oberarm von Dirk Blumhardt und blieb auf seinem Handgelenk liegen. Der zögerte auch nicht lange und schloss die Hand seiner Nachbarin in die seine ein, um dann nach einem kurzen Zurechtrutschen auf seinem Sitz seinen Halbschlaf fortzusetzen.

Am nächsten Morgen hatten sich die Hände wieder voneinander gelöst, und Blumhardt tat so, als sei nichts gewesen. Anders seine neue Freundin. Nach dem erquicklichen Frühstück aus zwei halbtrockenen Brötchen mit Emmentaler und Salami bei einem Becher Airline-Kaffee munterte Förster ihn auf:

„Dirk, wir müssen uns unterhalten. Ich halt das sonst hier nicht mehr aus. Erzähl mir von Dir! Ich kenne Dich überhaupt nicht. Was machst Du so? Wo kommst Du her?"

Was sollte er sagen? Es gab ja nicht viel. Außerdem – was ging das einer fremden, wenn auch auf den ersten Blick sympathischen Frau an? Na ja: irgendetwas musste er wohl sagen. Dabei: Sein Leben war langweilig. Zumindest bis zu den letzten

Ereignissen. Das fiel ihm erst jetzt wirklich auf. Er hatte immer nur nach Bequemlichkeiten gesucht, ein wenig hatte er auch seine bescheidene Karriere gepflegt, aber ihm reichte eigentlich, wo er jetzt angekommen war. Hauptsache, die Kohle stimmte einigermaßen. Er erzählte auch von seiner Partnerin Tina, was seine augenblickliche Gesprächspartnerin schnell ein wenig neugierig machte. Sie stellte ein paar Zwischenfragen, nichts Verfängliches. Was die denn so machte, wie alt die wäre, und wie die aussähe. Das war auch schon alles in der Richtung. Dann kam eine längere Pause, und Blumhardt fühlte sich seinerseits verpflichtet, auch zu fragen:

„Und Du? Was ist mit Dir?"

Gabi Förster lebte allein, kein Partner zurzeit, aber sie hatte einen großen Freundeskreis. Ihre Eltern waren beide bei einem Autounfall ums Leben gekommen, als sie noch ganz klein gewesen war, sodass sie sich nicht mehr an sie erinnern konnte. Sie hatte auch keine Geschwister. Sie hatte eigentlich gar keine Familie. Sie hatte Germanistik studiert und war als Lektorin in einem Verlag tätig, der sich auf philosophische und theologische Literatur spezialisiert hatte. Sie machte ganz etwas anders als ihr Gesprächspartner und Leidensgenosse. War ja alles Zufall. Dass sie nebeneinander gelandet und gestrandet waren – hier, vor zwei Tagen.

„Ich habe einfach nur Angst. Hier. Ich weiß nicht, was noch werden soll. Wann wir herauskommen. Oder, ob jemals. Ich weiß nicht, was ich denken soll. Vielleicht werden wir alle hier sterben."

„Hast Du Angst vor dem Tod?"

„Ich weiß nicht. Ich weiß nicht, was das Leben bedeutet. Ich habe viel über diese Dinge gelesen – beruflich meine ich. Jeder denkt sich etwas anderes dabei."

„Und? Hast Du irgendeine Richtschnur? Für Dich persönlich, meine ich? Nicht für andere. Ich habe nämlich keine. Ich lebe einfach. Und am Ende ist dann irgendwie alles vorbei. Es soll nur nicht sobald kommen."

„Es gibt eine französische Mystikerin aus dem siebzehnen oder achtzehnten Jahrhundert, Jeanne-Marie Bouvière de la Mothe Guyon. Sie vergleicht den Lebensweg nicht mit einer Wurzel oder einem Baum, sondern mit Wasserläufen. Aber auch bei ihr kommt der glatte, ungetrübte Fluss nicht vor, sondern drei verschiedene Arten: die dürftigen Wasserläufe, denen man außer sich selbst nichts mehr zumuten kann, die nur in der Vereinigung mit kräftigeren Nebenflüssen ihren Lauf weiter fließen können, um nicht zu versickern. Dann die großen und trägen Flüsse, Ströme, die auch Lastkähne tragen, aber wegen ihrer Langsamkeit nur spät ans Ziel kommen. Und schließlich die reißenden Bäche – überirdisch und unterirdisch, die als Wildwasser über Felsklippen springen und vielfach in die Irre gehen, bevor sie stetig weiter fließen.

Im wirklichen Leben gibt es wohl keinen Menschen, der so einfach zu kategorisieren wäre. Es ist eigentlich eher so, dass sich unterschiedliche Akzente überlagern und sich im Laufe des Lebens die Gewichtungen ändern. Allen Flüssen aber ist gemeinsam, dass sie schließlich das große weite Meer erreichen und eins werden mit allen anderen. Das ist das Ende."

    Dirk Blumhardt schwieg. Das war nicht seine Welt. Er sagte es aber nicht.

Zugriff

Thomas Mohrmann nahm es ernst mit dem Observieren. Natürlich nicht 24 Stunden lang, wie in alten Zeiten. Irgendwann musste er ja auch mal schlafen. So auch in dieser Nacht. Und schließlich hatte er ja auch Urlaub. Spätestens, wenn nebenan auch Ruhe eingekehrt war, legte er sich aufs Ohr. Das war heute so gegen 22:30 Uhr gewesen. Er hatte gewohnheitsmäßig einen leichten, aber dennoch gesunden Schlaf, in den er schnell hinüber glitt. Dann knallte es irgendwann.

Der Ex-Kriminalbeamte saß für einige Sekunden aufrecht in seinem Bett, als er endlich das

Oberbett zur Seite schmiss und in seine Badelatschen sprang. Vorne aus dem Fenster heraus war nichts zu sehen. Aber aus der Haustür seiner Nachbarn drang Lichtschein auf die Treppenstufen hinaus. Er wartete kurz, zog sich seinen Bademantel über und verknotete den Gürtel. Dann öffnete sich die Tür im Nachbarhaus. Er hatte von seiner Position aus keinen direkten Blick darauf, aber er bemerkte es an den Änderungen des Lichtscheins.

Jetzt. Ein Mann trat aus dem Nachbarhaus. Sein Mann. Ludwig Maas in Person. Beim Licht der fahlen Laterne etwas weiter die Straße entlang sah er, wie der Mann etwas in seinen Hosenbund steckte. Sein erfahrenes Auge sagte ihm, was es wohl sein könnte. Der Mann wollte in den Wald gegenüber. In diesem Moment verließ Mohrmann sein Haus und trat auf die Straße hinaus. Während seiner Dienstzeit hätte er das niemals getan. Allein. Das wäre gegen jede Regel gewesen. Da wären sie mindestens zu Zweit gewesen, aber hier hatte er ja jetzt niemanden, der ihm helfen und decken konnte, und die Lage war akut. Ein Schuss war gefallen. Er überquerte die Strasse und ging beherzt auf den Mann zu:

„Was ist hier los? Ich habe einen Schuss gehört. Ich werde die Polizei benachrichtigen, wenn Sie mir keine plausible Erklärung dafür geben können. In Ihrem Haus ist vorhin ein Schuss gefallen."

Der Mann gegenüber blieb abrupt stehen. Er sprach ganz ruhig und bedächtig:

„Hier ist kein Schuss gefallen. Zumindest nicht bei uns. Vielleicht war das ein Jäger oder ein Wilderer im Wald da."

„Und was machen Sie jetzt gerade hier im Wald? Ich kenne Sie. Wir sind uns schon einmal begegnet. Erinnern Sie sich nicht mehr?"

„Ich weiß nicht, wovon Sie reden. Vielleicht sind Sie nicht ganz klar im Kopf in Ihrem Alter. Jetzt gehen Sie wieder schlafen und lassen mich in Frieden."

„Ich gehe und verständige die Polizei. Die wird in Ihrem Haus schon etwas finden. Davon bin ich überzeugt."

Mohrmann wandte sich um und ging eilig auf seine offen stehende Haustür zu.

„Du wirst nichts dergleichen tun, Bullenschwein", ertönte es hinter ihm, und dann krachte es schon. Mohrmann brach zusammen und war auf der Stelle tot.

Peter Klemm stürzte aus dem Haus und lief auf den großen Kurfürsten zu, der jetzt neben der Leiche stand:

„Was ist nun schon wieder los?"

„Das war der Bulle. Von dem ich Euch erzählt habe. Von nebenan. Der wollte Schwierigkeiten machen. Los. Pack an. In den Keller zu der Anderen. Heute Abend sind wir weg. Dann können sie finden, was sie wollen. Soll uns nicht mehr stören"

Schweigend packte Micky die Füße, während sein Chef den Toten an den Armen nahm.

Gemeinsam schleiften sie, mehr als sie trugen, den leblosen Körper in ihr Ferienhaus, und dort warfen sie ihn die Kellertreppe hinunter, wo Susis Leichnam schon unten auf ihn wartete.

Entdeckung

Markus Everich in der Dienststelle in Burgsteinfurt versuchte schon den ganzen Tag, seinen ehemaligen Kollegen, der sich in Cuxhaven im Urlaub befand, über Mobiltelefon zu erreichen. Der ging einfach nicht dran, und das machte Markus Everich inzwischen Sorge.

Thomas Mohrmann hatte ihn ja um einen Gefallen gebeten, und wenn die alte Spürnase Recht hatte, dann war da oben etwas ganz Dickes im Gange. Schließlich konnte es sich ja um Leute handeln, die dreißig Jahre lang untergetaucht waren, aber ehemals als Terroristen steckbrieflich gesucht worden waren. Vielleicht hatte es sich aber alles auch nur als ein harmloser Irrtum herausgestellt. Trotzdem oder gerade deshalb wollte Kommissar Everich wissen, was jetzt Sache war. Schließlich war er es selbst gewesen, der im Zuge eines kleinen Amtshilfegefallens die Kollegen in Cuxhaven auf die Suche nach der Identität des Ferienhausmieters geschickt hatte. Und dabei hatte er sogar noch gelogen. Wie mit seinem alten Freund Mohrmann abgesprochen, wollten sie keine schlafenden Hunde wecken, bevor nicht harte Fakten auf dem Tisch lagen. Er hatte vorgegeben, es handele sich um die Aufklärung in einem Vermisstenfall. Ein Bekannter hätte einen der Männer aus dem Ferienhaus nebenan wiedererkannt. Und dabei sollte es sich um eine vermisste Person aus dem Burgsteinfurter Umfeld handeln.

Das war nun gestern, und seitdem bis heute kein Signal mehr von Mohrmann. Und es war bereits Mittag. Er beschloss, auf jeden Fall bis kurz vor

Feierabend zu warten, bevor er weitere Schritte unternehmen würde.

***

Bis kurz vor 17:00 Uhr immer noch kein Kontakt. Diese Zeitschranke hatte er sich gesetzt. Angesichts der möglichen Bedrohungslage gegen seinen ehemaligen Kollegen und ganz allgemein vor Ort beschloss Kommissar Everich, die Kollegen in Cuxhaven noch einmal zu kontaktieren. Dieses Mal schenkte er ihnen reinen Wein ein über den wahren Hintergrund seiner ursprünglichen Recherche. Und erntete darauf ungläubigen Unwillen von den Nordlichtern. Nach einem kurzen verbalen Austausch von diversen Unhöflichkeiten kamen sie dennoch überein, dass die Cuxhavener Polizisten zuerst einmal die Ferienunterkunft von Mohrmann aufsuchen sollten, um ihn möglicherweise dort anzutreffen. Vielleicht würde sich dann ja alles in

Wohlgefallen auflösen. Die nächste Option wäre dann das verdächtige Haus nebenan.

Zwei Beamte brachen nach Sahlenburg zu den drei gleichen Ferienhäusern auf. Schon von Weitem sahen sie, dass die Haustür zum Feriendomizil von Ex-Kommissar Mohrmann offen stand. Sie hatten keinerlei Durchsuchungsbefehl, traten aber nach vergeblichem Klingeln trotzdem ein und riefen nach dem Mieter. Der Vogel war anscheinend ausgeflogen, aber die bei Wind und Wetter offene Haustür reichte den Beiden, um jetzt das nächste Haus zu überprüfen.

Dort war aber alles dicht, und niemand schien zuhause zu sein. Sie riefen die Agentur an. Die sollte jemanden rausschicken, um aufzuschließen. Es handele sich um die Vereitelung einer Straftat. Sie hätten keinen Durchsuchungsbefehl. Der würde nachgereicht. Der Agent war ziemlich ungehalten, kam aber trotzdem raus.

Als der Mann aufgeschlossen hatte, musste er selbst draußen warten. Die beiden Polizisten betraten mit gezogenen Waffen das Haus. Keine Spur von irgendwelchen Bewohnern. Im ersten Zimmer links ein ungemachtes Bett, im nächsten ebenso. In der Kochnische schmutziges Kaffeegeschirr, im Wohnzimmer leere Cola- und Bierflaschen. Der Wohnzimmertisch war mit zwei großen Lageplänen bedeckt.

Die Beamten gingen weiter in den ersten Stock. Dort gab es noch einen kleinen Wohnbereich und noch ein Schlafzimmer: nur wieder ein weiteres ungemachtes Bett. Und weiterhin keine Reisetaschen, Koffer oder andere Utensilien. Die Feriengäste waren weg.

Als sie den Agenten holen wollten, kamen sie an der Kellertür vorbei; die war nur angelehnt. Sie stießen sie auf und schalteten das Licht ein. Unten vor der Treppe lagen Thomas Mohrmann und Susanne Ohnweiler.

***

Eine Viertelstunde später standen vier blinkende Einsatzwagen vor dem Haus. Drinnen war die Spurensicherung schon aktiv. Kommissar Brockmann, der hier die Leitung der Ermittlungen übernommen hatte, stand mit einem Assistenten über die Übersichtsblätter auf dem Wohnzimmertisch gebeugt.

Auf dem einen war der Lageplan des Hamburger Flughafens eingezeichnet mit allen Verkehrsanbindungen. Das andere Blatt zeigte einen Ausschnitt des Check-in-Bereichs mit Details von Versorgungseinrichtungen. Das Messblatt mit den Versorgungsleitungen war mit rotem Filzstift in drei Zonen aufgeteilt, und jede Zone war mit einem Großbuchstaben gekennzeichnet worden:

M. / O. / K.

Es war kurz nach 19:00 Uhr, als der Terroralarm für den Flughafen ausgelöst wurde. Als einer der Tatverdächtigen war Ludwig Maas, ein ehemals steckbrieflich gesuchter Terrorist, aufgrund der Vermutung von Mohrmann tatsächlich identifiziert worden. Er wurde wahrscheinlich von mindestens noch einer weiteren Person begleitet. Die Identifizierung der erschossenen Frau war noch nicht abgeschlossen.

Das Attentat

Um Punkt 17:00 Uhr hatten der große Kurfürst und Micky ihr Feriendomizil für immer verlassen. Im Kofferraum befanden sich ihr Reisegepäck und zwei Taschen mit den ominösen Behältern sowie Schutzkleidung. Für jeden eine Tasche. Bis zum Flughafen Hamburg würden sie eineinhalb Stunden benötigen. Unterwegs kam zunächst kein Gespräch auf. Tiefes Schweigen vor der großen Tat. Auch das war eigentlich immer schon so gewesen. Auch früher. Fand Peter Klemm. Bis schließlich der Anführer der zusammengeschrumpften Armee kurz vor Hamburg das Wort ergriff. Sie hatten natürlich kurzfristig umdisponieren müssen. Sie hatten sich den Bereich, der für Susi vorgesehen gewesen war, aufteilen müssen.

Maas ging noch einmal sorgfältig den Plan durch. Sie würden sich in der Tiefgarage für Kurzzeitparker trennen. Jeder sollte seine zugeteilte Tasche mitnehmen. Sie würden auf getrennten Wegen mit den Aufzügen in die zugeordneten Bereiche fahren. So war der Plan von Ludwig Maas. Zielorte waren Toiletten. Dort würde jeder für sich in einer Kabine die Schutzkleidung anziehen und so verkleidet das Pulver in die Lüftungsschächte verteilen. Dazu hatte Maas Teleskopstangen mit einer geeigneten Vorrichtung am oberen Ende versehen. Dann wieder umziehen und die nächste Toilette ansteuern. Bis alles aufgebraucht sein würde.

***

B127. So war der Stellplatz in der Tiefgarage gekennzeichnet. Maas forderte Peter Klemm auf, sich das zu merken – für eine unwahrscheinliche, aber eventuelle schnelle Flucht. Klemm merkte sie sich nicht. Er würde nie wieder an diesen Ort zurück kommen.

Sie holten die Taschen aus dem Kofferraum. Klemm nahm als erster den Aufzug nach oben. Maas wollte sicher gehen, dass er auch nicht kniff. Fünf Minuten später drückte er selbst den Knopf – entgegen der ursprünglichen Abmachung, nach der er einen Aufzug weiter vorne nehmen sollte, der ihn in seinen eigenen Aktionsbereich gebracht hätte. Oben angekommen, hielt er nach Klemm Ausschau. Der trottete zwischen den vielen Menschen in etwa fünfzig Metern Entfernung auf die nächste Toilette zu. Zufrieden drehte sich Ludwig Maas um und bewegte sich in entgegen gesetzter Richtung. Seine erste Toilette befand sich gegenüber einem Buch- und Zeitschriftenladen. Vor dem Laden war ein langer Tisch aufgebaut – von einer dunkelroten

Stoffdecke, die bis auf den Boden hing, bedeckt. Auf dem Tisch lagen Bildbände über Hamburg.

Maas betrat den Toilettenraum und ging wie geplant ans Werk. Er war zunächst allein. Während er sich in einer Kabine umzog, betrat ein weiterer Mann den Waschraum. Maas wartete, bis der wieder verschwunden war. Dann verließ er die Kabine in einem weißen Kapuzenoverall, mit Mund- und Nasenschutz und Hygienehandschuhen versehen. Zwei weitere Männer betraten den Raum. Sie nahmen keine Notiz von dem Mann im weißen Schutzanzug, der hier anscheinend Reinigungsarbeiten durchführte. Als sie wieder draußen waren, nahm Maas einen der Behälter aus der Sporttasche, brach die Plombe auf und schraubte den Deckel ab. Dann befüllte er die Vorrichtung am Ende der Stange, die er ganz auszog und damit eine erste Ladung Anthrax in eine Entlüftungsöffnung in der oberen hinteren Ecke des Raumes entlud. Sorgfältig packte er danach alles zusammen und kleidete sich in einer Kabine wieder um. Den

Mundschutz und die Handschuhe zog er erst im Vorraum aus. Den Reißverschluss seiner Tasche ließ er geöffnet und ging wieder in die Check-in-Halle.

Gerade als er sich nach links wenden wollte, traten zwei Männer mittleren Alters, in Jeans und Freizeitjacken, auf ihn zu:

„Herr Maas, bitte folgen Sie uns unauffällig."

Es war lange her, dass der große Kurfürst von fremden Menschen mit seinem Klarnamen angesprochen worden war. Für Sekunden erstarrte er in seinen Bewegungen. –

Die Hamburger Behörden hatten unter großem Zeitdruck arbeiten müssen. Eine komplette Räumung des Flughafens war aus Zeit- und Dringlichkeitsgründen nicht mehr möglich gewesen. Außerdem wusste niemand, wann Maas mit seinen Komplizen eintreffen würde, und ob er nicht schon längst in einem der Gebäude war. Was er vorhatte, war ebenfalls nicht bekannt – nur dass er anscheinend irgendetwas vorhatte, war aus den Plänen, die man gefunden hatte, ersichtlich gewesen.

Schwierig war auch die Identifizierung der gesuchten Person. Es gab ja kein Foto von ihm aus jüngster Zeit. Sie hatten zwar ein altes Fahndungsbild von ihm von vor über dreißig Jahren mit Hilfe eines speziellen Computerprogramms bearbeitet, um die Alterung nachzuvollziehen. Unterstützt wurden sie dabei von dem Leiter der Vermietungsagentur für das Ferienhaus, der den Gesuchten aber auch nur flüchtig gesehen hatte. Mit Hilfe der Überwachungskameras hatten sie schließlich einen Mann identifiziert, der es sein könnte. Dieser Mann stand jetzt vor ihnen. –

Maas hatte sich nach Bruchteilen von Sekunden wieder gefangen. Mit zwei blitzschnellen Bewegungen zog zuerst die entsicherte P1 aus seinem Hosenbund, dann griff er sich die Dose mit den Erregern, die er grade wieder zugeschraubt hatte, hielt sie mit der anderen Hand in die Höhe und wollte gerade eine Drohung gegen die beiden Polizisten in Zivil vor ihm aussprechen, als der

Scharfschütze, der im Buchladen postiert war, abdrückte.

Die Kugel schlug zwischen beiden Augen im Kopf des großen Kurfürsten ein, der sein Leben auf dem Fußboden zwischen einem Buchladen und einer Toilette in voller Länge aushauchte. Die Pistole entglitt ihm und landete irgendwo unter dem dunkelroten Tuch des Büchertisches, die grüne Dose fiel ebenfalls auf den Boden, der nur schräg aufgeschraubte Deckel sprang auf, und das weiße Pulver verteilte sich rings umher. Menschen schrien und flohen in alle Richtungen – die beiden Polizeibeamten inklusive.

Flucht

Das Gespräch über den Tod war zu Ende. Eine lange Zeit sagte keiner von beiden etwas. Blumhardt war deprimiert. Die Vorstellung vom großen Meer, das langsame Fließen dorthin, die Vereinigung mit allem: das passte nicht in seine Welt des schnellen Geldes, der Kredite und Rentabilitäten, der Excel-Tabellen mit den Prognosekurven und Renditeversprechen. Er konnte zu den mystischen Auslassungen seiner Gesprächspartnerin keinen Kommentar abgeben. Er hatte dem nichts dergleichen entgegen zu setzen. – Dann nahm Gabi Förster den Faden wieder auf:

„Wir wissen nicht, was hier vor sich geht. Wir wissen nichts über draußen, wie die Welt jetzt aussieht. Was die da machen. Was die vorhaben mit uns. Wir haben keinen Kontakt. Wir müssen hier raus."

Blumhardt versuchte, pragmatisch zu sein:

„Du hast ja gesehen, was passiert, wenn das jemand versucht."

„Ja, aber …. Vielleicht sind wir ohnehin schon verdammt. Dann spielt das doch alles keine Rolle mehr. Aber, vielleicht gibt es doch einen Weg? Hast Du schon jede Hoffnung aufgegeben?"

Dirk Blumhardt schwieg. Auch er wurde immer ungeduldiger. Dann stand er auf:

„Ich schau mich mal um."

Er hatte keinen Plan. Aber vielleicht kamen ihm ja ein paar brauchbare Gedanken. Er war eigentlich kein Draufgänger. Ein Banker halt. Jetzt war er wieder außerhalb ihres eigentlichen Gates: der Korridor, der Sicherheitsbereich und einige Türen, die aber alle abgeschlossen waren. Dafür hatten die schon gesorgt. Und jede Menge Wachleute. Keine Chance. Er überlegte weiter. Es gab eine einzige durchlässige Stelle. Und die nur zu bestimmten Zeiten. Wenn das Essen gebracht wurde. Er ging zurück und teilte seiner Gefährtin mit, dass er das heute Mittag beobachten wollte, wie das ablief mit dem Essen und so.

Mittags wurden drei große Rollwagen vorgeschoben. Insgesamt acht Leute waren damit beschäftigt: je zwei Bedienstete pro Wagen und zwei bewaffnete Soldaten zusätzlich. Sie öffneten den VIP-Zugang am Rande des Sicherheitsbereichs und schoben langsam einen Wagen nach dem anderen in die Verteilzone hinein. Dann nahmen sie die leeren Rollwagen vom Frühstück wieder mit hinaus. Während dieser ganzen Prozedur blieb der Seitenzugang geöffnet. Das war die Lücke. Da mussten sie durch und dann weg.

Blumhardt holte Gabi Förster auf den Korridor und besprach diese Option mit ihr. Ganz leise. Wenn das nur den Hauch einer Chance haben sollte, mussten sie sich vorher in der Nähe dieses Zugangs verstecken. Am Ende von jedem Transportband, auf das man sonst sein Handgepäck zum Durchleuchten legen musste, gab es eine kleine Kabine, die mit einem Vorhang zugezogen werden konnte. Das war ihre Chance.

***

Und dann ging plötzlich alles ganz schnell. Die Lethargie war wie weggeblasen. Es war ihnen gelungen, unauffällig in eine dieser kleinen Kabinen zu gelangen – und zwar die am nächsten zum Seiteneingang. Es war Zeit für den Nachmittagstee. Jeden Moment mussten die Servicewagen auftauchen. Die Beiden beobachteten den Eingang durch einen Schlitz im Vorhang. Sie hatten sich bewaffnet – zumindest für ein Ablenkungsmanöver – denn einer der Wachleute blieb immer in der Tür stehen. Den mussten sie ablenken. Sie hatten sich eine Art Feuerwerk gebastelt: mangels eines anderen schwereren Gegenstandes hatte Blumhardt das Ladegerät für sein Smartphone geopfert. Sie hatten es in zwei Papierservietten gewickelt und diese dann mit dem Benzin von Försters Feuerzeug getränkt. Das Feuerzeug von Blumhardt benötigten sie, um den Ballen anzuzünden – und zwar jetzt!

Die Truppe mit den Rollwagen erschien. Als alle drei durchgefahren waren, zündete Blumhardt den Molotow-Cocktail und warf das brennende Bündel aus der Kabine heraus in Richtung des Soldaten im Innenbereich. Der Soldat im Eingang selbst stürmte auch sofort in den Sicherheitsbereich hinein, um seinem Kollegen beizustehen. In diesem Moment stürzten Blumhardt und Förster aus ihrer Kabine und durch den offen stehenden VIP-Zugang nach links in die Vorhalle nach draußen.

Die übrigen Wachposten außerhalb schrien Ihnen etwas nach. Die Beiden rannten, ohne sich umzusehen, aber niemand folgte Ihnen. Es fiel kein Schuss. Nach zwanzig Metern wussten sie, warum. Der Weg wurde ihnen versperrt von vier Personen in weißen Schutzanzügen mit Atemmasken. Sie waren unbewaffnet und arbeiteten hinter einer Barriere aus Absperrband.

„Weiter!" rief Blumhardt und nahm die Frau an die Hand. „Weiter!"

Einer der weißen Anzüge stellte sich in den Weg, aber er wurde von den Flüchtenden umgerannt, dabei stürzte Gabi Förster ein paar Meter weiter zu Boden – vor dem Präsentationstisch einer Buchhandlung. Direkt vor ihrem Gesicht entdeckte sie einen Gegenstand, der halb unter dem langen Tischvorhang verborgen war. Sie ergriff ihn, während ihr Begleiter sie nach oben riss. Dann rannten sie immer weiter. Niemand folgte Ihnen. Einer der Männer in Weiß hinter ihnen telefonierte. Dann waren sie um eine Biegung verschwunden. Sie peilten den nächsten Aufzug Richtung Tiefgarage an.

Alles ging glatt. Unerwartet glatt. Im Aufzug betrachtete Förster sich im Spiegel. Auf ihrem

Gesicht lag weißer Staub. Sie wischte ihn mit ihrem Jackenärmel ab.

„Was hast Du da gerade aufgenommen?" fragte Blumhardt.

Sie zeigte es ihm:

„Ne Knarre. Die lag da."

„Was willst Du damit? Schmeiß das weg!"

„Weiß ich nicht. Vielleicht kann man die gebrauchen? Hier. Oder draußen."

„Kannst Du damit umgehen?"

„Nein."

Der Aufzug hielt an. Tiefgarage für Kurzzeitparker. Die Türen schoben sich auseinander. Blumhardt schaute kurz nach links und rechts, dann hatte er die Orientierung gefunden. Die Halle war ziemlich leer, und er entdeckte seinen Z3. Und er bemerkte noch etwas: die Schranke zur Ausfahrt war geöffnet!

Im Nu waren sie im Wagen. Blumhardt setzte zurück und gab Gas. Mit quietschenden Reifen quer über die leeren Stellplätze auf die offenen Ausfahrt zu. Es war Dirk Blumhardts letzte Fahrt.

Oben im Tageslicht der Nachmittagssonne standen zwei Soldaten, die schon gewartet hatten. In dem Moment, als die Insassen des Z3 sie erblickten, rasselten schon zwei Feuerstöße nach unten und hallten fürchterlich durch das ganze Parkdeck zurück. Gabi Förster hielt die P1 immer noch umkrampft.

Die Pistole

Kommissar Denis Brockmann aus Cuxhaven wurde ein Rädchen in dem großen Spiel, das wichtigere Leute ab jetzt veranstalteten. Terror war die Domäne, für die das BKA zuständig war. Und in Hamburg saß außerdem die für ihn zuständige Polizeidirektion. Dennoch hatte man ihn auch ins Team übernommen. Schließlich waren zwei Menschen in seinem Zuständigkeitsbereich ermordet worden. Und er war der erste Ermittler vor Ort gewesen. Er bekam eine Aufgabe. Er sollte sich um die Identität und das Umfeld der beiden Erschossenen aus Cuxhaven kümmern.

Die Identität des Mannes, dessen lebloser Körper nicht ganz die Kellertreppe hinuntergerutscht war, und der halb auf der anderen Leiche zu liegen gekommen war, war schnell ermittelt. Die Tür zum Nachbarhaus hatte noch offen gestanden. Drinnen fand man seine Papiere. Die Spurensicherung hatte heraus gefunden, dass er auf der Straße vor dem Mordhaus erschossen worden war. Brockmanns eigene Beamte waren es ja gewesen, die von einem Kollegen aus Burgsteinfurt kontaktiert worden waren. Zweimal. Der zweite Kontakt hatte dann zu der Entdeckung der Verbrechen und damit zur Aufdeckung der Vorbereitung des Terroranschlags geführt. Man schickte eine elektronische Kopie des Ausweises nach Burgsteinfurt und bekam die Bestätigung, dass es sich bei dem erschossenen Mann um den pensionierten Kriminalbeamten Thomas Mohrmann handelte. So weit war alles einfach gewesen.

Die Frau war auf der Kellertreppe war in dem Haus selbst erschossen worden. Die Identität der Tatwaffe sollte anhand des Projektils noch ermittelt werden, sobald die Obduktion abgeschlossen war. In einem roten Rollkoffer, den sie im Wald gegenüber gefunden hatten, fanden sie auch einen Ausweis. Er war ausgestellt auf eine Ingrid Zeller, wohnhaft in Mechenich bei Brühl. Erste Nachforschungen hatten ergeben, dass Frau Zeller dort eine Tierarztpraxis unterhielt und allein lebte. Verwandte konnten noch nicht aufgefunden werden. Aber Mohrmann hatte einen Verdacht geäußert. Einen Verdacht, auf den hin die Ermittlungen ja erst losgetreten worden waren, einen Verdacht, der sich aufs Schlimmste bestätigt hatte – zumindest, was den Anschlag betraf. Die Identifizierung des erschossenen Täters stand noch aus, und man hatte auch nur eine Person bisher. Ein Abgleich mit den Fingerabdrücken hatte ergeben, dass dieser Mann, wer auch immer er war, tatsächlich auch in diesem Haus gewesen war. Zusammen mit der toten Frau. Brockmann benötigte die Fingerabdrücke dieser Tierärztin zum Abgleich mit der Zentraldatei. Außerdem fanden sich eine Unmenge weitere Fingerabdrücke in dem Gebäude. Schließlich war es ein Ferienhaus, in dem viele Menschen Station gemacht hatten. Er ahnte, dass alles nicht so leicht wie bei der Identifizierung von Mohrmann sein würde. Und schließlich gab es Anhaltspunkte, dass noch eine dritte Person beteiligt gewesen sein musste. Auf dem Messblatt waren drei Initialen verzeichnet gewesen. Aber weder in dem Haus noch auf dem Flughafen war dieser oder diese unbekannte Dritte in Erscheinung getreten.

***

Und dann war da noch die Waffe, die P1. Fingerabdrücke waren auch dort genommen. Was hatten die Beiden in dem Z3 mit der ganzen Sache zu tun? Der Fahrer war tot, von Kugeln aus zwei Maschinenpistolen durchsiebt. Vielleicht war er der ominöse Dritte gewesen? Die Beifahrerin saß auf jeden Fall in Untersuchungshaft. Das war zwar jetzt nicht mehr sein Ressort, aber die hatte dieselbe Pistole in der Hand gehalten, mit der zuvor Mohrmann und Zeller, oder wie die hieß, in Cuxhaven erschossen worden waren. In der ganzen Panik, den Anschlag zu verhindern, war sie dem Täter aus der Hand gefallen, als der Scharfschütze ihn erledigt hatte. Dann war das Pulver ausgeströmt, und alle hatten sich vom Ort des Geschehens aus dem Staub gemacht. Später, als die Leute in Schutzanzügen die Leiche abgeholt hatten, war an normaler Spurensicherung wegen der Kontaminierungsgefahr zunächst nicht mehr zu denken gewesen. Wie und warum war die Verhaftete in den Besitz der Pistole gekommen? Die anderen Fingerabdrücke darauf stammten eindeutig vom Täter selbst.

Der Attentäter war identisch mit dem Menschen, der die Ferienunterkunft gemietet hatte. Soviel stand fest. Der Mann von der Agentur hatte ihn als Michael Fürst aus Lüneburg identifiziert. Als er tot war, hatte er keine Papiere bei sich gehabt.

Was waren das für Leute? Auf jeden Fall waren die nicht mehr die Jüngsten gewesen …..

Identifikation

Kommissar Brockmann lebte allein in einem kleinen Appartement im Ortsteil Duhnen von Cuxhaven, in einer Wohnstraße über einer Bäckerei. Bis zum Deich waren es keine hundert Meter von seiner Haustür. Brockmann war ein sportlicher Typ Ende dreißig. Bei seinen Kollegen war er anerkannt und beliebt wegen einer Eigenschaft, an der viele Andere zu arbeiten hatten, wenn man sich das überhaupt erarbeiten konnte. Er war ein natürlicher Meister der Empathie und konnte sich problemlos in Denkweisen und Gefühlswelten von Kollegen, Opfern und Tätern hinein versetzen. Das war der

Grundstein auch für seine Ermittlungserfolge – alleine und im Team.

Er hatte es in Kindheit und Jugend nicht einfach gehabt, war frühzeitig zusammen mit seiner fünf Jahre jüngeren Schwester Waise geworden, da seine Eltern bei einem Autounfall ums Leben gekommen waren. Nachdem die beiden Geschwister zunächst bei einer Pflegefamilie untergekommen waren, wurden sie ein Jahr später getrennt und kamen jeweils in neue Familien. Er selbst war immer gut versorgt worden, bis er volljährig das Adoptionshaus in Oldenburg verlassen hatte, um seinen Beruf in Cuxhaven anzutreten. Von seiner Schwester hatte er danach nie wieder etwas gehört und manche Nacht im Bett darüber geweint, als er noch ein Junge war.

***

Er war nach offiziellem Dienstschluss noch eine gute Meile auf dem Deich bis zur Kugelbake spazieren gegangen. Der Dauerregen hatte mittlerweile aufgehört. Es herrschte immer noch Windstärke 4, aber die Luft war nun klar, aller Staub weggeblasen und weggeregnet, und als er den Rückweg einschlug, blinkte vor ihm in der Ferne der Leuchtturm von Neuwerk. Er stieg vom Deich herunter und querte über den Brunnenplatz, um in Metschers Schinkenstube einzukehren. Hier war er ein gern gesehener Stammgast. Um diese Jahreszeit und unter der Woche war noch reichlich Platz am Tresen – anders als in der Saison. Da war immer alles rappelvoll. Er bestellte sich einen Teller mit Schinkenhappen und nahm während des Essens zwei Halbe Haake-Beck zu sich. Das reichte fürs Abendbrot.

Später zuhause machte er Inventur:

An der Identität des Kollegen aus Burgsteinfurt konnte man einen Haken machen. Also weiter:

Die andere Leiche, die noch in seinen Verantwortungsbereich fiel, war die ältere Frau, die auch im Keller gelegen hatte: Deckname Ingrid Zeller, mittlerweile nach Abgleich der Fingerabdrücke: Klarname Susanne Ohnweiler. Der tote Terrorist im Flughafen war jetzt nicht mehr seine Kanne Bier in den Ermittlungsarbeiten: Deckname Michael Fürst, Klarname Ludwig Maas. Ohnweiler und Maas waren tatsächlich die prominenten Mitglieder der alten Terrorbande gewesen, die vor mehr als dreißig Jahren Deutschland in Atem gehalten hatten. Ein Terrorteam ohne Aufgabe und ohne Ziel, ohne Ideologie – nur mit der selbstverschriebenen Mission, die Welt in Angst und Schrecken zu halten. Sie hatten sich nie die Mühe gemacht, ihre Spuren zu verwischen, so als betrachteten sie es als eine Art Sport, die Polizei als unfähig zu entlarven – immer ein Schritt zu spät für die Bullen, immer ein Schritt den Bullen voraus für das Trio. Und dann war eines Tages Schluss gewesen. Ganz einfach so. Von heute auf morgen. Es hörte auf, und man hörte und sah nichts mehr von dem ganzen Spuk. Und dann – so wie die Zeit angeblich alle Wunden heilt – wurden irgendwann auch die aktiven Ermittlungen eingestellt.

Das Terror-Trio. Es war ursprünglich einmal ein Quartett gewesen, aber die Polizei hatte tatsächlich heraus gefunden, dass einer von denen eines natürlichen, wenn auch frühen Todes gestorben war. Bleibt der Dritte. Im Flughafen hatte man zwischen den Stuhlreihen einer Cafeteria eine herrenlose Reisetasche entdeckt – ganz so eine, wie Maas sie bei sich gehabt hatte. Entgegen aller Gepflogenheit, sie an einem sicheren Ort zu sprengen, wurde sie unter erheblichen Vorsichtsmassnahmen manuell geöffnet. Tatsächlich bestätigte sich die Vermutung, dass der Inhalt mit dem in Maas´ Tasche identisch war: Behälter mit Anthrax. Die Fingerabdrücke wurden später als die von dem dritten überlebenden Mitglied der Bande, Peter Klemm, identifiziert. Seine Abdrücke fanden sich auch in dem Ferienhaus. Sein Deckname war allerdings nicht bekannt. Und er war verschwunden.

Warum und wohin, wusste keiner. Die Überwachungskameras ergaben keine weiteren Hinweise beim Absuchen der gedrängten Menschenmenge in der Abflughalle.

Der erschossene Mann aus der Tiefgarage war als ein Dirk Blumhardt identifiziert worden. Sie hatten anhand seiner Papiere seine Adresse ausfindig gemacht und dessen Lebensgefährtin verständigt. Ob er eine, und wenn ja, welche Rolle bei dem Anschlag gespielt hatte, war noch unklar. Wahrscheinlich keine. Es war wohl so, wie seine Begleiterin im Auto ausgesagt hatte: es war einfach nur Flucht, sonst nichts. Aber seine Begleiterin hatte die Waffe in der Hand gehabt, mit der Mohrmann und Ohnweiler erschossen worden waren. Das hatte die Ballistik ergeben. Und wenn sie die auch nur gefunden hatte – warum hatte sie die denn überhaupt mitgenommen und bis zu ihrer Verhaftung in der Hand behalten?

Auch ihre Identifizierung war einfach gewesen. Die Papiere stimmten. Die

Wohnungsanmeldung war korrekt. Alles in Ordnung. Aber nach eigener Aussage gab es keine Angehörigen zu verständigen. Und diese junge Frau war nach der internen Arbeitsteilung jetzt auch nicht mehr seine Kanne Bier ….

Spekulationen

Denis Brockmann ordnete die Papiere of seinem Schreibtisch zuhause neu. Er hatte es sich jetzt bequem gemacht: Schuhe und Socken aus, Badelatschen an, die härtere Jeans mit einer weichen Jogginghose vertauscht, T-Shirt und neben sich einen Pott Kaffee – selbstgebraut statt Büro-Automaten-Pampe. Kaffe am Abend vor dem Schlafengehen machte ihm – im Gegensatz zu vielen Kollegen – nichts aus, würde ihn vom Schlaf nicht abhalten. Andere benötigten ein oder mehrere Glas Wein, er ging mit Kaffee in den Schlaf. Er sortierte die Blätter, die er aus der Dienststelle mitgenommen hatte. Das entspannte ihn und befriedigte gleichzeitig seine Neugier. Es ging nämlich jetzt um Dinge, die ihn eigentlich nur unter „cc" etwas angehen sollten. So hatte er vor sich ein Verhörprotokoll mit Gabriele Förster. Frau Förster fand irgendwie sein besonderes Interesse: sie war etwa so alt wie seine verschollene Schwester und ohne jede verwandtschaftliche Beziehung in ihrem Leben. Sie stand Mutter-Seelen allein in der Welt. Während man inzwischen begonnen hatte, Blumhardts persönliches Umfeld komplett auf den Kopf zu stellen, war bei ihr nichts zu machen. Mit den Ausnahmen von Nachbarn und Arbeitskollegen. Es gab noch nicht einmal jemanden zu benachrichtigen.

Das Protokoll, das Brockmann vor sich hatte, war formell und nicht das Ergebnis irgendeiner Ziel gerichteten Anhörung. Das Verhör war geführt worden von Hauptkommissar Rudolf von der Kripo Hamburg unter Anwesenheit von Abteilungsleiter Benno Geyer vom BKA.

Nach den üblichen Präliminarien ging es dann zunächst um ihr Verhältnis zu ihrem letzten Begleiter, Dirk Blumhardt. Sie bekräftigte, dass sie ihn erst im Abflugterminal kennen gelernt hatte. Sie hatte vorher keine Beziehung zu ihm gehabt, sie hatten sich nicht verabredet, und sie hatten auch – mit Ausnahme des Flugziels Frankfurt – keine gemeinsamen Geschäftsinteressen. Sie musste dann erklären, warum sie sich vom Rest der Betroffenen abgeschottet hatten, und warum sie ihre Fluchtpläne nicht mit den anderen geteilt hatten – und außerdem: woher hatten sie die reaktiven Fähigkeiten, sich aus so einer unmöglichen Gefahrensituation zu befreien. Ihre Chancen, da lebend heraus zu kommen, wären eins zu zehntausend gewesen, hätte da nicht das Dekontaminationskommando im Wege gestanden. Und schließlich hatte es ja auch Blumhardt am Ende erwischt.

Wie waren sie zu ihrem Fluchtweg gekommen? Hätten sie sich vorher, vor ihrem ursprünglichen Abflug schon, informiert – dann wären sie Teil des Komplotts gewesen. Wenn das der Fall war, dann müssten sie einen Auftrag an ihrem Ort im Abflugterminal oder für später im Flugzeug gehabt haben. Und dann die Pistole. –

 Gabi Förster beantwortete alle diese Fragen wahrheitsgemäß, so wie sich die Dinge zugetragen hatten: dass sie Blumhardt nie vorher gesehen hatte, dass sie per Zufall nebeneinander gesessen und dann aus lauter Verzweiflung die Flucht geplant hatten. Es war eine spontane Aktion gewesen. Sie waren verzweifelt gewesen, ohne erkennbare Perspektive. – Nur eine Frage konnte sie nicht plausibel beantworten: warum – selbst, wenn es ein Zufallsfund gewesen war – warum hatte sie die Pistole aufgehoben, mitgenommen und bis zu ihrer Verhaftung bei sich behalten? Was waren ihre tatsächlichen Motive gewesen?

 Auch Kommissar Brockmann konnte sich keinen Reim darauf machen. Da passte etwas vorne und hinten nicht zusammen. Aber, zu was war nicht ein Mensch in Not und Angst in der Lage? Vielleicht hatte sie gefürchtet, sie Beide müssten sich den Weg auf den letzten Metern freischießen (was ja eigentlich zum Schluss tatsächlich so war, hätten sie noch eine Chance gehabt; nur sie hatten ja keine Chance gegen die Profis, die auf sie gewartet hatten). Trotzdem: kaum zu glauben, dass eine unbescholtene Lektorin plötzlich den Reflex zur Waffe entwickelt haben sollte. Wie konnte das sein? Oder steckte da doch mehr dahinter? Auf der anderen Seite handelte es sich bei der Pistole um einen reinen Zufallsfund. Der Haupttäter hatte sie fallen gelassen, als er erschossen wurde. – Brockmann neigte dazu, den Aussagen von Gabi Förster zu glauben. Alles andere war unlogisch. Es war reine Panik gewesen.

Doch wer war Förster? Diese Frage beschäftigte ihn aus anderen Gründen. Ihre Identität war sein großes Rätsel. Darüber brütete er, und deshalb las er das Vernehmungsprotokoll noch einmal. Er musste eine Gelegenheit finden, sie direkt zu befragen. Er musste einen Vorwand erfinden, den Kontakt mit ihr aufzunehmen.

Und noch etwas: von dem Terror-Trio wies nur ein einziger Deckname eine korrekte Adresse auf: die von Susanne Ohnweiler alias Ingrid Zeller in Mechernich. Es sei denn, die Ohnweiler hatte eine andere, bereits vorhandene Existenz, eine real existierende Ingrid Zeller, usurpiert gehabt. Er beschloss, der Sache auf den Grund zu gehen, denn das fiel immerhin noch in seinen Beritt. Er würde Praxis und Wohnung der Erschossenen aufsuchen.

Anthrax

In diesen Tagen dachte Kommissar Brockmann wieder oft an seine Schwester. Aus irgendwelchen Gründen tauchte sie neuerdings immer dann in seinem Bewusstsein auf, wenn er eine Arbeitsunterbrechung hatte, im Auto saß und irgendwo hinfuhr, oder wenn er es sich zuhause bequem machte. Dabei hatte er sie seit ihrer Trennung im Kindesalter nie mehr gesehen. Irgendetwas hatte dafür gesorgt, dass ihr Schicksal ihm keine Ruhe ließ.

Er suchte einen Vorwand, mit Gabriele Förster in Kontakt zu treten. Dafür gab es ermittlungstechnisch keinen Grund. Die hatten andere in der Mangel. Er beschloss, den Kollegen Rudolf anzurufen.

„Was willst Du mit der? Wir haben klare Aufgabenteilung. Du kümmerst Dich bis auf Weiteres um Ohnweiler, sonst nichts. Mit Förster hast Du nichts am Hut", kam es zurück.

„Ich dachte nur – wegen der Waffe, die die Förster bei sich hatte. Damit war die Ohnweiler doch erschossen worden – und Mohrmann auch. Ich möchte mir ein komplettes Bild darüber machen, wer was mit wem zu tun hatte. Vielleicht gibt es ja doch eine Verbindung zwischen den beiden Frauen. Ich will keine große Vernehmung mit allem drum und dran. Ein kurzes Gespräch genügt mir schon."

Hauptkommissar Rudolf war schließlich einsichtig. Er kannte das mit dem „kompletten Bild". Da zählten jede noch so unbedeutende Spur, Idee, Hinweis und Haar:

„Komm morgen vorbei. Nach zwei Uhr. Sie wird noch festgehalten. Frag Toni Nehringer. Der müsste auf dem Posten sein."

***

Tags darauf fuhr Brockmann nach Hamburg rein zum Präsidium und gelangte endlich in Kontakt mit Gabriele Förster. Das Gespräch fand verabredungsgemäß nicht in einem Verhörzimmer statt, sondern in einem kleinen, leer stehenden Büro, deprimierend ausgestattet mit nur einem grauen Stahlrohrtisch, and dem sich zwei graue Stahlrohrstühle gegenüber standen. Keine Blumen, keine Gardinen, keine Bilder an den Wänden – nicht einmal Landkarten oder Flipcharts.

Brockmann ging es nicht um den Tathergang. Brockmann ging es um die Vergangenheit: woher kam die Frau, wo war sie geboren, und wer waren ihre Eltern und Verwandten?

Gabriele Förster hatte keine Verwandten – zumindest kannte sie keine. Ihre leiblichen Eltern waren bei einem Autounfall ums Leben gekommen – so wie Brockmann seine. Auf jeden Fall hatte man es ihr so erzählt. Den Kontakt zu ihren Adoptiveltern hatte sie nach ihrem Auszug aus deren Wohnung komplett verloren.

„Sie hießen Blaukopf: Gerlinde und Siegfried Blaukopf. Wir wohnten in Reutlingen. Wir hatten danach noch losen Kontakt, aber dann waren sie eines Tages nicht mehr an dieser Adresse, und ich habe sie verloren. Ich habe auch kein großes Interesse mehr gehabt, sie zu suchen. Wir hatten uns zum Schluss nicht mehr gut verstanden. – Aber, warum wollen Sie das alles wissen? Was hat das mit dieser ganzen Sache zu tun? Und …. Wann komm ich hier endlich raus?"

Sie war den Tränen nahe.

„Das Problem ist, dass Sie eine Waffe bei sich getragen hatten. Als man sie verhaftete. Und wir wollen herausfinden, warum das so war."

„Aber ich habe schon hundert Mal erzählt, wie es war. Das war reiner Zufall. Ich fand das Ding, als ich hingefallen war. Und mitgenommen habe ich das aus einer blöden Eingebung heraus. Ich dachte mir, vielleicht kann man die noch gebrauchen, bei all dem drunter und drüber. Schließlich liefen genug Bewaffnete herum, die uns ja nicht rauslassen wollten. Und wir wussten doch nicht, warum das alles, und wer dahinter steckte?"

Jetzt brach sie in Tränen aus.

„Soll ich Ihnen einen Kaffee holen?"

„Nein danke. Aber vielleicht ein Glas Wasser."

Denis Brockmann kam mit einem Plastikbecher zurück. Gabi Förster trank einige Schlucke. Der Rest der Unterhaltung drehte sich um ihr Verhältnis zu Blumhard, und die Gesprächspartnerin wiederholte nur genervt, was sie den anderen Polizisten schon x-mal erzählt hatte, nämlich, dass Blumhardt ein Fremder und eine Zufallsbekanntschaft gewesen war. Und im Übrigen täte es ihr leid, dass der sympathische junge Mann auf so schreckliche Art und Weise ums Leben gekommen war. Und sie fühlte sich mitschuldig an seinem Tod, weil sie das alles mitgemacht hatte, weil sie eine treibende Kraft für den Ausbruch gewesen war, weil sie ihn nicht davon abgehalten hatte.

Der Kommissar bedanke sich schließlich und rief Nehringer, damit der Frau Förster wieder in ihre Zelle brachte. Dann nahm er den Plastikbecher an sich, steckte ihn in seine Anoraktasche und verlies diesen Trakt des Präsidiums. Er nahm den Aufzug ins Untergeschoss, stieg aus und schritt einen langen, Neon beleuchteten Gang entlang, bis er an einer bestimmten Tür Halt machte. Dort residierte Mina Glück von der Spurensicherung, eine alte Bekannte aus Ausbildungszeiten. Sie waren einmal oder zweimal zusammen ausgegangen und hatten ein paar Biere miteinander getrunken, aber sonst war nichts weiter gewesen. – Er steckte seinen Kopf durch die Tür.

„Hei, Mina, wie geht's?"

„Du, Denis? Was machst Du denn hier? Gibt's in Cuxhaven keinen Fisch mehr? Ist ja ne Ewigkeit her."

„Bin mit an dem Terror-Fall dran."

„Hab ich gehört. Gibt's was Neues"

„Nicht viel, aber Du könntest mir diskret einen Gefallen tun."

„Was denn?"

Brockmann kramte den Plastikbecher aus seiner Tasche:

„Da ist DNA dran."

„Willst Du die haben? Warum gehst Du nicht den offiziellen Weg? Hat das was mit dem Fall zu tun?"

„Indirekt. Es gibt offiziell keinen Grund, diese DNA zu checken. Aber ich kann Dir nichts weiter sagen. Geht das?"

Zögern und Stirnrunzeln. Brockmann legte nach:

„Mensch, das ist eine Abkürzung. Du kennst doch den ganzen bürokratischen Kram."

„Die DNA von Maas und Ohnweiler haben wir. Was willst Du sonst noch?"

„Die hier – bitte. Und kein Wort an Keinen."

Mina Glück nahm den Becher mit einer Pinzette an sich:

„Bis wann?"

„Wie immer."

„Ach so. Also, dafür steht dann ein Abendessen an – bei Rauchs!"

„Geht klar. Du bist ein Engel!"

Der Kommissar verabschiedete sich und trat auf den Flur hinaus. Seine eigene DNA würde er sich über MyHeritage besorgen.

***

Gabi Förster kauerte auf dem Bett in ihrer Zelle und hielt ihren Kopf in beide Hände gestützt. Innerlich war sie der Verzweiflung nahe, aber irgendwie hatte sie ihren Glauben an die weltliche Gerechtigkeit doch noch nicht ganz verloren. Sie war sich sicher, dass sie am Ende frei kommen würde, dass man ihr glauben würde. Sie verstand auch, dass bei diesem schrecklichen Verbrechen alle Wege ausgelotet werden mussten. Sie musste nur Geduld haben. Viel Geduld ….

Sie hustete wieder. Sie hustet seit gestern. Dabei durchliefen Hitzewellen ihren Körper. Sie glaubte, dass sie Fieber hätte. Und Schmerzen im Brustkorb. Sie griff zu der Wolldecke am Fußende des Bettes. Ihr fror. Sie schüttelte sich jetzt. Ihr war übel. Sie stand auf und ging zum Waschbecken, um sich zu übergeben. Als sie ins Becken hustete, sah sie Blut auf dem weißen Porzellan.

Das Album

Als Kommissar Brockmann aus dem Fenster seines ICE in den Nieselregen nach draußen blickte, sah er keine Endlosschleife vor seinem Gesichtsfeld vorüber ziehen. Er beobachtet lieber Details: schmucke Einfamilienhäuser, die vorüber glitten, kleine Gruppen von Reitpferden auf Koppeln, Hecken und Wälder, das sanfte Heben und Senken der Parklandschaft, und – je weiter er nach Süden rollte: verfallende Infrastruktur der Deutschen Bahn. Von früher und von jetzt. Jeder freie Quadratzentimeter mit Graffiti übersät. Er machte es sich bequem und genoss die Reise nach Köln.

Die Terror-Ermittler hatten nach Aussage des Kollegen Rudolf in Zusammenarbeit mit den Kräften vor Ort bereits alles Notwendige erledigt. Die Spurensicherung in Wohnung und Praxis von Susanne Ohnweiler war längst getan. Was wollte er noch da unten? Brockmann war hartnäckig geblieben. Er wollte sein ganzes Bild. Dann würde er abschließen. Erst dann. Nur noch die Wohnung in Mechernich. Dann wäre er fertig.

Gegen Mittag kam er in Köln an und stärkte sich zuerst einmal mit einer Heißwurst auf dem Bahnsteig. Der Kölner Bahnhof hatte nach jahrelangem Umbau zu einem Einkaufszentrum mutiert, und Brockmann fragte sich, ob es tatsächlich noch Menschen unter denen gab, die hier die Hallen bevölkerten, die ein Bahnticket hatten und auf einen Zug warteten, oder ob die Meisten hier mit dem Bahnverkehr überhaupt nichts mehr zu tun hatten. Wie dem auch sei – kurz vor 13:00 Uhr ging sein Regionalzug nach Mechernich. Da es Wochenmitte war und außerhalb der Pendlerzeit, fand er schnell einen Sitzplatz. Das Abteil war fast leer: eine Mutter mit zwei kleinen Kindern, zwei Schülerinnen und einige Soldaten vom Luftwaffenstützpunkt. Fünfzig Minuten später kam er an seinem Zielbahnhof an.

Zwei lokale Kollegen warteten mit einem Streifenwagen auf dem Bahnhofsvorplatz. Die waren sehr freundlich, fragten auch gar nicht erst, warum schon wieder ein Nordlicht bei Ihnen auftauchte, und schon ging es los, nachdem der Polizist aus Cuxhaven sich ordnungsgemäß ausgewiesen hatte.

Susanne Ohnweilers bzw. Ingrid Zellers Praxis und gleichzeitig Wohnadresse befand sich etwas außerhalb des Ortes am Rande einer kleinen Siedlung direkt neben einer Pferdewiese. Wie praktisch, wenn mal ein Pferd krank würde! Der Kommissar dankte den beiden Kollegen, die im Wagen sitzen blieben, und versprach, in weniger als einer halben Stunde wieder zurück zu sein – es sei denn, er würde auf etwas Sensationelles stoßen. Die beiden Rheinländer zogen die Augenbrauen hoch und nickten beifällig.

***

Brockmann erbrach das Siegel. Den Schlüssel zu Haustür hatten ihm die Beamten gegeben. Ihn interessierte nur der Wohnbereich. Er war sich sicher, dass in den Praxisräumen nichts zu finden sein würde. Zumindest nicht das, wonach er suchte. – Wonach suchte er überhaupt? War er nur neugierig und wollte einmal sehen, wie eine ehemalige Terroristin so gewohnt hatte? Oder wie ihre Wandlung von einer unsteten, gewaltgeprägten Existenz zum Bürgertum Gestalt angenommen hatte? Er wusste es eigentlich selber nicht genau. Sein Vorwand war seine unermüdliche Gründlichkeit, sein Ziel, den Fall endlich abrunden zu wollen, einen Schlussstrich zu ziehen. Dazu war er hergekommen. Um vielleicht doch noch irgendwelche Hinweise zu dem Anschlag zu gewinnen, die seine Kollegen möglicherweise übersehen hatten.

Hausflur, Wohnzimmer, Schlafzimmer, Küche: zuerst ein grober Überblick: tatsächlich alles sehr bürgerlich, fast schon spießig, langweilig. Aber nirgendwo Fotos oder Bilder von Menschen an den Wänden oder auf den Schränkchen stehend. Nur Bilder von Pferden, Hunden und Katzen: das Reich einer einsamen Frau. Nein – hier war nichts mehr zu holen.

Im ersten Stock neben dem Schlafzimmer fand er ein Arbeitszimmer. Der Computer befand sich schon lange im Präsidium, auch die Aktenregale waren leer geräumt. Er zog eine Schreibtischlade auf – nichts. Die Spurensicherung war gründlich gewesen. Auf der Fensterbank lang eine Mappe, ein kleines Album. War wohl nicht so wichtig gewesen.

Kommissar Denis Brockmann schlug das Album auf und blätterte im Schnelldurchgang von vorn nach hinten und wieder zurück. Von den vorgesehenen zwanzig Seiten in dem Buch waren nur die drei ersten mit Fotografien beklebt.

Schwarzweißfotografien.

Von einem Kind.

Einem Mädchen.

Immer demselben Mädchen.

Manche dieser Aufnahmen waren ziemlich unscharf, alle auf jeden Fall irgendwie amateurhaft, teilweise auch aus großer Entfernung aufgenommen. Irgendwo zwischendrin gab es ein größeres Bild, so etwa wie eine Postkarte. Das Gesicht des Mädchens war darauf klar und deutlich zu sehen. Es kam ihm irgendwie bekannt vor, aber er wusste nicht so recht, wie er es einordnen sollte.

Das Mädchen lachte.

Es hatte strahlende, glückliche Augen.

Auf dem Foto erkannte man die Arme einer erwachsenen Person, die das Kind festhielten.

Wer war sie?

Warum lag das Album hier so herum?

Die Fotos waren bestimmt dreißig Jahre alt oder so. Das hatte der Kommissar an Haarfrisur und Kleidung erkannt. Außerdem machte man heute keine Schwarzweißbilder mehr als Amateur.

Brockmann war auf dem dritten und letzten Blatt angekommen. Da hörte es auf. Auf dem letzten Bild war das Mädchen nicht viel älter als drei Jahre alt gewesen.

Warum hörte es auf – nach nur drei Seiten? Als das Kind noch so jung war?

Fragen über Fragen. Hatten die überhaupt etwas mit dem Fall zu tun? Die SpuSi hatte das Album liegen gelassen. Also hatte es keine Bedeutung. Oder doch? Er steckte das schmale Buch in seinen Anorak und verließ die Wohnung.

„Und?" wollten die Kollegen wissen.

„Nichts weiter mehr."

„Hat sich wohl doch nicht gelohnt, was?"

„Wahrscheinlich nicht. Trotzdem danke", gab Brockmann einsilbig zurück. Dann klingelte sein Mobiltelefon. Es war Mina Glück.

„Was gibt's?"

„Denis, halt Dich fest. Ich hab die DNA-Ergebnisse von Gabriele Förster."

„Schieß los."

Kommissar Denis Brockmann musste sich tatsächlich festhalten – und das nicht, weil sein rheinischer Kollege am Lenkrad so schwungvoll die Kurve auf dem Weg zurück zum Bahnhof nahm.

Gabriele Förster

Kommissar Denis Brockmann hatte es nicht mehr eilig. Die Sache würde ihm nicht weglaufen. Wenigstens nicht sobald. Aber trotzdem musste alles zeitnah geschehen. Die Welt wartete nicht und stand auch nicht still für ihn. Außerdem war er ja mehr oder weniger privat unterwegs. In ruhigem Tempo fuhr er die kurvenreiche Strecke durch wohlhabende Wohngebiete hindurch, an gepflegten Vorgärten vorbei, mitunter unterbrochen von kleinen Parkanlagen, bis ihn die große Hinweistafel über der Straße auf den Besucherparkplatz verwies. Vor dem kleinen Wäldchen bog er rechts ein und zog ein

Ticket, damit die Schranke sich öffnete. Er musste einige Runden drehen, denn anscheinend waren noch andere Menschen auf den Gedanken gekommen, ihre Lieben jetzt um diese Zeit am Morgen zu besuchen. Weit entfernt von der Einfahrt quetschte er seinen Polo schließlich in eine enge Lücke und marschierte los in Richtung Hauptgebäude.

Nachdem er die Zufahrtsstraße überquert hatte, waren es noch gut einhundert Meter bis zum Haupteingang – vorbei an Blumenkübeln, die zu dieser Jahreszeit ihren Schmuck lange verloren hatten. Er registrierte die Wegweiser, die von seinem Weg auf Einrichtungen links und rechts davon wegzeigten: Kindertagesstätte, Fahrradständer, Parkplatz für Bedienstete, Radiologisches Zentrum, Hospiz.

Vor der Eingangstür zum Hauptgebäude standen Raucher herum, teilweise in Morgenmänteln, teilweise nur in Schlafanzügen. Manche hatten ihre Ständer mit den

Infusionsflaschen mit nach draußen gerollt. Als Brockmann näher kam, öffneten sich die Eingangstüren automatisch. Er trat in eine große, von Licht durchflutete Vorhalle gesäumt von einer Reihe von Klappstühlen, die an den Wänden fest verschraubt waren. Links die Bezahlautomaten für den Parkplatz, dann folgte ein großer Durchgang in den eigentlichen Eingangsbereich hinein. Am Empfangsschalter saß ein bärtiger Mann orientalischer Herkunft, vielleicht dreißig Jahre alt, hinter einem Computerbildschirm, von dem er auch nicht aufblickte. Wahrscheinlich am Surfen, dachte der neue Ankömmling. Der Kommissar ging an ihm vorüber. Er wusste, wo er hin wollte. Rechts waren Klappschilder aufgestellt. Eines verwies auf einen Wortgottesdienst am Mittwochabend um 18:30 Uhr, ein anderes auf einer Kreidetafel bot ein Mittagsmenü für EUR 7,50 an: Kohlroulade mit Salzkartoffeln, bunter gemischter Salat und Nachtisch. Das Angebot war von gestern.

Brockmann ging daran vorbei auf die Aufzüge zu. Blumen hatte er nicht mitgebracht, lediglich eine schmale Ledermappe mit einigen Dokumenten. Neben den Aufzugtüren war eine große Informationstafel angebracht, die Auskunft über die wesentlichen Einrichtungen, deren Funktion und Chefmediziner sowie der geografische Lage aller Abteilungen gab. Er musste in den dritten Stock hinauf auf die Isolierstation Dr. Nikolas. Der Aufzug brachte ich nach oben.

Nachdem Brockmann zuerst in die falsche Richtung gelaufen war, ging er zum Aufzug zurück und fand schließlich die große Glastüre, die ihn auf den Korridor der richtigen Station brachte.

Türe bitte leise schließen!

hatte jemand auf ein DIN A4 Blatt mit rotem Filzstift geschrieben und mit Tesafilm hinter die Scheibe geklebt. Der Kommissar trat ein und bediente brav den Spender mit der

Desinfektionslösung links neben der Eingangstüre. Er sah einen langen Flur vor sich, der kein Ende nehmen wollte. Ganz hinten schien die Sonne durch ein letztes Fenster. An den Seiten standen überall Betten herum, in denen niemand lag, Rollstühle, auf denen niemand saß, und Rollwagen mit Verbandszeug und Einwegspritzen. Dazwischen Teewagen mit den Überbleibseln vom Frühstück, das schon zwei Stunden her war.

Der Mann ging langsam weiter und blickte suchend nach links und rechts. Die nummerierten, fensterlosen Türen waren alle geschlossen, und ganz hinten im Korridor, kurz vor dem hoffnungsvollen Sonnenfenster, liefen zwei in Weiß gekleidete Frauen herum. Schließlich hatte er gefunden, was er suchte: eine Tür mit einem Glasfenster, das halb zugeklebt war mit dem Hinweis:

Sprechzeit 15:00 bis 16:00 Uhr

Die war es nun nicht. Es war jetzt 10:30 Uhr morgens. Brockmann klopfte an. Nichts rührte sich. Er drückte die Klinke hinunter, und die Tür gab nach. In dem Raum befand sich ein Tresen, hinter dem niemand saß, aber aus dem Nebenzimmer schoss hurtig eine ältere Dame in Weiß hervor:

„Sie können hier nicht rein. Wir haben geschlossen. Kommen Sie heute Nachmittag wieder."

„Entschuldigung. Ich bin von der Polizei. Mein Name ist Brockmann. Ich habe mit der Stationsschwester Frau Hellmann telefoniert. Wir sind verabredet."

„Ach, Herr Kommissar! Das bin ich. Hellmann. Entschuldigen Sie, aber hier schneien ununterbrochen so viele Leute rein, die hier nichts zu suchen haben …. Ja, Sie möchten zu Frau Förster, nicht wahr? Bitte, kommen Sie. Wir hatten ja telefoniert."

Die Oberschwester drängte sich an Brockmann vorbei auf den Flur hinaus und bat ihn, ihr zu folgen. Sie erklärte ihm, dass erstens, er nicht ins Krankenzimmer selbst hinein dürfe, zweitens eine Wechselsprechanlage existierte, um mit der Patientin zu kommunizieren, und drittens, er höchsten zehn Minuten hätte. Auf keinen Fall mehr. Die Patientin befinde sich in einem alarmierend schlechten Zustand, der keine weitere Aufregung zuließ. Brockmann nickte gehorsam und folgte auf dem Fuße.

Gegen Ende des Ganges, kurz vor dem Endfenster, wurde seine Führerin langsamer in ihrem energischen Gang und verharrte schließlich vor Tür 47. Ohne anzuklopfen, trat sie ein und winkte dem Polizisten, ihr zu folgen. Sie betraten einen kleinen Vorraum, der vom eigentlichen Krankenzimmer durch eine transparente Wand abgetrennt war. Hinter der Trennwand gewahrte Brockmann ein Krankenbett, in dem jemand lag. In Höhe des Kopfendes befand sich eine Wechselsprechanlage. Die Schwester tippte den Polizisten auf die Schulter und flüsterte:

„Ich lass Sie jetzt allein mit ihr, aber nur zehn Minuten, wirklich nicht mehr."

Und verschwand auf den Flur, indem sie die Türe mit der Nummer 47 hinter sich zuzog.

Denis Brockmann tat einen langen Blick auf die Frau in dem Krankenbett, die ihre großen Augen schweigend auf ihn gerichtet hatte. Wie hatte die sich verändert, nachdem er sie erst vor wenigen Tagen bei dem Gespräch im Revier gesehen hatte. Er erschrak. Und er erschrak vor der Aufgabe, die er sich selbst heute Morgen gestellt hatte.

Die Frau hatte ihren Kopf in seine Richtung gedreht. In ihren Nasenlöchern steckten Schläuche, die an einem Sauerstoffgerät angeschlossen waren, ihr Oberkörper war anscheinend verkabelt, denn unter der dünnen Bettdecke krochen Kabel hervor, die an einen Monitor, der über dem Kopfende des Krankenbettes an der Wand verschraubt war, und auf dem sich ein oszillografische Signal von links nach rechts bewegte, angeschlossen waren. Im Rücken von Gabriele Försters rechter Hand steckte ein Zugang, durch den aus einer Plastikflasche hoch auf einem Ständer neben ihrem Bett eine halbklare Flüssigkeit in ihre Vene tropfte.

Das Gesicht der jungen Frau war gerötet, und um ihren Mund und ihre Nase befanden sich unregelmäßige schwarze Schorfstellen von der Größe von 1-Euro-Stücken. Ihre Augen hatten sich wieder geschlossen, aber ab und zu versuchte sie, zu blinzeln. Dabei hielt sie ihren Kopf noch immer in seine Richtung gedreht.

„Frau Förster. Ich bin Denis Brockmann von der Polizei. Wir kennen uns. Wir haben uns vor einigen Tagen unterhalten. Können Sie mich verstehen?"

***

Gabriele Förster hatte geschlafen, bevor die Schwester sie mit dem Mann bei ihr gestört hatte – oder gedöst, oder befand sich in Trance, in Halbbetäubung oder sonst etwas. Sie wusste es selber nicht. Sie wusste auch nicht, welche Tageszeit es war, oder wie viele Tage sie hier nun schon lag. Sie hatte um sich geblickt und nur wieder den Rauchmelder an der Zimmerdecke gesehen und den Druck von Picasso mit den beiden Frauen vor einem Glas Absinth darauf an der gegenüber liegenden Wand. Dieser Druck hing schon lange dort. Er wurde nie ausgewechselt. Und sie hatte Schmerzen in der Brust. Das Atmen war ihr zur Qual geworden. Die Kabel waren ihr zur Qual geworden, das Ding in ihren Nasenlöchern. Alles war ihr zur Qual geworden.

Da draußen stand ein Mann. Sie kannte diesen Mann. Es war der Polizist, der sie zum x-ten Mal mit denselben Fragen gequält hatte, bevor ihr zum ersten Mal schlecht geworden war. Dieser Mann sprach zu ihr:

„Ja", krächzte sie, und der Mann nickte. Er wollte wissen, ob sie ihn verstehen würde. Sie nickte auf ihrem Kopfkissen. Was wollte er? Dann entschuldigte er sich für irgendetwas und zeigte ein altes Foto durch die Glaswand. Sie musste sich anstrengen, aber auf dem Schwarzweißfoto war ein kleines Mädchen zu sehen. Der Mann wollte wissen, ob sie wüsste, wer das wäre. Sie wusste es nicht und antwortete nicht. Sie hörte ihn durch den Lautsprecher:

„Ich glaube, das sind Sie."

Konnte sein, aber aus der Zeit, als sie so klein gewesen war, gab es von ihr keine Fotografien. Die ersten Fotos von ihr …. Da war sie schon zwölf oder so. Dann hielt der Mann eine große Farbfotografie empor. Auf diesem Bild war ein toter Mann zu sehen. Er lag auf dem Rücken, und von seinem Kopf fehlte die Schädeldecke. Unter seinem Kopf war überall Blut. Der Mann hielt seinen Mund geöffnet:

„Kennen Sie diesen Mann?"

Sie antwortete nicht.

Dann hielt der Polizist ein anderes Bild gegen die Scheibe. Darauf war eine tote Frau zu sehen. Sie war wohl fünfzig oder sechzig Jahre alt und lag irgendwie schräg nach unten ausgerichtet auf einer Steintreppe, aber ihr Kopf war heil, aber auch sie hatte den Mund weit offen.

„Kennen Sie diese Frau?"

Sie antwortete nicht.

Der Polizist sagte nichts mehr. Er blickte auf den Fußboden, zuckte mit den Schultern. Dann zeigte er noch einmal das Bild von dem Mädchen:

„Das sind Sie."

Er nahm es weg und holte das Bild von dem Mann wieder hervor:

„Das ist Ihr Vater."

Und schließlich das Bild von der Frau:

„Das ist Ihre Mutter."

Gabriele Förster drehte langsam ihren Kopf in die andere Richtung – weg von dem Besucher.

Sie dachte an die drei Flüsse: die dürftigen Wasserläufe, denen man außer sich selbst nichts mehr zumuten kann, die nur in der Vereinigung mit kräftigeren Nebenflüssen ihren Lauf weiter fließen, um nicht zu versickern. Dann die großen und trägen

Flüsse, Ströme, die auch Lastkähne tragen, aber wegen ihrer Langsamkeit nur spät ans Ziel kommen. Und schließlich die reißenden Bäche – überirdisch und unterirdisch, die als Wildwasser über Felsklippen springen und vielfach in die Irre gehen, bevor sie stetig weiter fließen. Allen Flüssen aber war gemeinsam, dass sie schließlich das große weite Meer erreichen und eins werden mit allen anderen. Auf diesem Wege war sie jetzt selbst.

Epilog

Immer schon, seit er das erste Mal eine Fernfahrt mit der Deutschen Bahn unternommen hatte, ließen ihn zwei Eindrücke nicht los. Der erste war, dass sich seit diesem Zeitpunkt – und es mochten wohl über fünfzig Jahre her sein – vor und nach den Bahnhöfen grundsätzlich nichts geändert hatte: die halbverfallenen Baracken, Lagerhallen und aufgegebenen Stellwerkhäuschen zwischen mannshohen Unkrautstauden, umsäumt von verrosteten, ausgemusterten Stahlmasten, Stapeln alter Bahnschwellen und ungeordneten Haufen unbrauchbarer Pflastersteine waren geblieben, zwischenzeitlich neue hinzugekommen, aber die Szenerie war sich treu geblieben. Der zweite hatte mit der Strecke zu tun. Es schien ihm, als würde sich der Ausschnitt der Welt draußen, durch den der Zug glitt, und den er an sich vorüberziehen sah, wie in einem Kurzfilm nach einer gewissen, fixen Zeitspanne ständig wiederholen – so wie das Rattern der Räder und das Schaukeln des Waggons. Peter Klemm wähnte sich wie in einer Endlosschleife.

Wieder einmal. Er streckte seine Beine unter den Sitz vor sich aus, so gut es ging, lehnte sich zurück und blickte scheinbar gedankenlos zum Fenster neben sich hinaus. Er befand sich in einem ICE auf der Fahrt von Hamburg nach Köln. Er hatte sich jetzt beruhigt und einen gewissen Abstand zu den Ereignissen der letzten Stunden und Tage gewonnen.

Als sein Chef und er sich im Flughafen getrennt hatten, und der große Kurfürst in seiner ersten Toilette verschwunden war, war er im Strom der Passiere noch gut fünfzig Meter weitergeschlendert, hatte sich dann kurz umgedreht und schließlich beherzt die Reisetasche mit ihrer tödlichen Fracht in der Nähe des nächsten Aufzugs irgendwo vor einer Cafeteria abgestellt. Mit dem Aufzug war er in die Tiefgarage zurückgefahren, hatte die Kapuze seines Anoraks hochgeschlagen, damit ihn die Überwachungskameras nicht so gut identifizieren konnten und war in der Garage den Weg zurück gegangen bis zu ihrem Auto. Dort hatte er dann seine eigene Reisetasche zwischen den Hinterrädern unter dem Wagen hervorgezogen. Beim Ausladen der Taschen mit dem Kampfstoff hatte er sein Reisegepäck dort – unbemerkt von Maas – deponiert. In aller Ruhe hatte er das Treppenhaus ins Freie genommen, hatte einem wartenden Taxi gewinkt und sich zum Hauptbahnhof fahren lassen. Er nahm den ersten besten Zug nach Süden, in dem er jetzt saß.

In Köln stieg er aus, nahm die S-Bahn nach Deutz und dort den ICE, der ihn über Bonn/Siegburg in weniger als einer Stunde direkt nach Frankfurt brachte. Beim Umsteigen hatte er im Vorübergehen auf den Nachrichtensäulen erfahren können, dass im Hamburger Flughafen ein Terroranschlag verübt, und dass das Gelände dort weiträumig abgesperrt worden war.

In Frankfurt nahm er die U-Bahn, die ihn in die Nähe seiner Wohnung brachte, wo er sich von den Strapazen seines kostenlosen Kurzurlaubs erst einmal richtig ausruhen konnte.

***

Zwei Tage später erschien Peter Klemm wieder an seinem Arbeitsplatz im Senckenberg-Museum – eine halbe Stunde vor Öffnung. Die gute Frau Schmidt war auch schon da:

„Na, Dieter, wie war Dein Urlaub. Du hast aber gar keine Farbe gekriegt!"

„War sehr ruhig. Viel gewandert, aber immer im Schatten, unter den Bäumen."

„Hast Du das mit Hamburg mitgekriegt? Ist ja schrecklich."

„Kann man wohl sagen. Nur so am Rande. Ich war's nicht. Ich war im Schwarzwald."

„Hätt´ ich Dir auch nicht zugetraut", scherzte seine Arbeitskollegin und ordnete die Tickets, die sie bald ausgeben würden.